Синдроми Стокҳолм

Шаҳзодаи Самарқандӣ

Баргардонанда аз хатти форсӣ ба сириллик:
Маҳини Даврон

Виростор:
Исфандиёри Одина

2016

Stockholm Syndrome (Sindromi Stokholm)
Shahzoda Samarqandi (Nazarova) 2016

Shahzoda Nazarova is hereby identified as author of this work in
accordance with Section 77 of the Copyright, Design and Patents
Act 1988

Баргардонанда аз хатти форсӣ ба сириллик: Маҳини Даврон
Виростор:Исфандиёри Одина

Cover: H&S Media
Layout: H&S Media
ISBN: 978-1780836676

H&S Media Ltd
www.hands.media
info@handsmedia.com
London, 2016

ЁДДОШТИ НАВИСАНДА

Румони «Синдроми Стокхолм» - ро соли 2007 дар бадтарин холати равонй навиштаам, ба манзури худдармонй ва пайдо кардани посухе ба пурсишхои зиёде, ки дар солхои дурй аз Ватан, дар ман зам шуда буд ва тархи масоили амиқи хуввиятй ва хиҷрат дар хиҷрат, ки неш бар решахои мани сйсола фуру бурда буд.

Ин румон соли 2007 навишта шуд, соли 2008 бознигарй шуд ва соли 2009 бо хатти форсй дар интишороти «Ховарон» дар Порис, ба чоп расид. Соли 2010 дар интишороти "Ҳандсмедия" дар Ландан ба нашри дуввум расид ва холо ҳамин ношир онро бо ду хатт, хатти форсй ва ҳам хатти сириллик, бознашр мекунад, ки боъиси ифтихори ман аст. Китобҳои ин ношир дар фурушгоҳҳои мухталифе дар дунё мунташир мешавад, аз ҷумла дар фурушгоҳи маъруфи Амазон дар Амрико. Ин гуна аст, ки румони «Синдроми Стокҳолм» ҳоло қобили дастраси тамоми форсизабонон дар ҳафт иқлим аст.

Нияти аслй, аммо аз навиштани ин ёддошт,

пайдо кардани фурсатест, барои ибрози сипос ва қадрдонӣ аз афроди азизе, ки бидуни дасти ёрии онҳо ин кор ба инҷоҳо намерасид ва ин муваффақият дар ин замони кӯтоҳ муяссар намешуд:

Ҳамсар ва ҳамроҳи азизам, Меҳдии Ҷомӣ, муҳаққиқ ва коршиноси расона, ки ҳамаруза маро ба навиштан ташвиқ мекунад; виростори матни форсии ин румон, Дориюши Муҳаммадпур, муҳаққиқ ва доктори ъулуми сиёсӣ; ношири нахусти ин румон, Баҳмани Аминӣ, мудири интишороти «Ховарон» дар Порис; ношири кунунии ин румон, дӯсти азизам, Хуссайни Ситора, мудири интишороти «H&S Media» дар Ландан; баргардонандаи матни форсии ин румон ба хатти сириллик, Маҳини Даврон, рӯзноманигор; виростори манти сириллики ин румон, Исфандиёри Одина, рӯзноманигор ва ҷомеъашинос.

Ин дуввумин румонест, ки аз ман дар ин солҳо ба хатти сириллик мунташир мешавад. Пеш аз ин румони «Замини Модарон», ба ҳиммат ва ҳимояти устод Баҳманёр, нависандаи барҷастаи мо тоҷикон, нахуст дар маҷаллаи «Садои Шарқ» (шумораи 1, 2013), мунташир шуд ва пас аз он ба ҳиммати дӯсти азизам, Анзурати Маликзод, доктори ъулуми адабиётшиносӣ, дар интишороти «Истиқбол» (2015) нашр ёфт, ки аз ӯ ва аз хонуми Латофат Хоҷаева, шоъир ва мудири интишороти «Истиқбол», самимона сипосгузорам, ки мудом ба фикри мо тоҷикони бурунмарзӣ ҳастанд.

«Синдроми Стокҳолм» бо ин, ки баъд аз "Замини Модарон" ба нашр мерасад, аввалин румони ман ба хатти форсист, ки ҳол дар дастраси ҳамзабонони тоҷик аст, ки бо хатти сириллик мехонанд. Хушҳол мешавам назароти хонандагонро аз тариқи ношир дарёфт кунам.

Бо эҳтиром,
Шаҳзода Назарова (Самарқандӣ)
Ҳолланд, Сентябри 2016

Тақдим ба мардумони сарзаминам, ки барои ҳифзи хуввияти худ ҳамвора мечанганданд.

Нури офтоб аз панҷараҳои бузургу бепардаи утоқ маҳрамона назар меандохт ва мисли ҳамеша бо шавқ ҳамхобагии моро тамошо мекард. Аз маъдуд рӯзҳои офтобии Амстердам буд. Тоза аз сафари дуҳафтай аз Олмон баргашта будам. Рӯзи ҷаҳонии Замин буд ва аз телевизиюн ҷашнвораи байналмилалии ҷилавгирӣ аз гармоиши Замин пахш мешуд. Хонандагони маъруф мехонданд.

Ҳамхобагии баъд аз чанд муддати дуриро дӯст дорам. Муштоқонаву пурҳаяҷон аст. Маъмулан дӯст надорам дар ин лаҳзаи ширин ҳарф бизанам. Аммо агар ҳарф задам, аз шаффофияти рӯҳ аст, ки дар он лаҳза мехоҳам бо ҷуфти худ қисмат кунам. Ангор ҳар ҳарфе, ки ба забон меоварам, аз умқи вуҷудам бармехезад. Танҳо инсони риёкор метавонад дар ин лаҳзаи зебо қодир ба дурӯғ гуфтан бошад. Луҳт рӯи мубли утоқи нишеман ба ҳам печида будем. Зеботарин ва тӯлонитарин робитаам бо Меҳдӣ буд. Баъд аз панҷ соли зиндагонии муштарак бо Меҳдӣ ҳеҷ вақт ба робитаамон ба чашми занушавҳарӣ нанигаристем. Гоҳе девонавор ошиқи ҳам будему гоҳе мисли дӯстони ҷонӣ. Дар мавзӯъи фарзанддорӣ зиёд ҳарф намезадем ва ҳатто ин мавзӯъро ҷиддӣ дунбол намекардем. Ангор намехостем ин робита аз ин шакли худ хориҷ шавад. Мехостем ҳамин гуна ширину амиқ бимонад. Аммо Рӯзи Замин буд ва дар Рӯзи Замин гӯё ҳарду мехостем ин ҳамхобагиро барои ҳамеша ба ёд биспорем ва супурдем.

Тасмиме, ки замони зиёд ҷуръати фикр кардан ба онро надоштам, дар як лаҳза гирифтам. Гуфтам, кӯдаке дар ин рӯз офаридан... Ҳарфам нотамом монд. Парандае бол зад дар вуҷудам. Меҳдӣ ангор мунтазири ин ҷумла буд... Тапиши қалбашро эҳсос мекардам. Эҳсос мекардам, ки ҳамдилтар аз ин ҳеҷ гоҳ набудаем. Ҳеҷ гоҳ ин гуна дар обу арақ оғушта набудем. Обу арақ. Аз он лаҳза ба баъд он паранда бо ман монд ва ангор азизтар аз ману Меҳдӣ шуд. Ангор азизтар аз ҳар мавҷуди зинда дар ҷаҳон. Ангор гавҳари заминро дар ман кошта буданд. Ангор ояндаи башарият дар дасти ман буд. Дар як лаҳза ба инсони бисёр муҳимме табдил шудам.

Намедонам чиро аз аввал ӯро ба як паранда монанд кардам. Он нутфае, ки дар ман рӯз то рӯз рушд мекард, бароям мисли парандае буд, ки рӯзе бояд парвоз кунад. Шояд эҳсос мекардам, ки фарзанд моли ман нест. Моли худи ӯву болҳои ӯст. Ман зиндони муваққатии парандае будам, ки рӯзе аз ман ҷудо хоҳад шуд. Аҷиб аст, ки аз аввалин лаҳзаи бордорӣ ба ҷудоӣ фикр мекардам ва ин эҳсос рӯз ба рӯз афзоиш меёфт. Бештар ба танҳо мондан фикр мекардам. Чанд рӯз, ки гузашт, дарк кардам, ки ин эҳсоси ҷудой аз Меҳдӣ нест, балки аз ин кӯдакест, ки ҳоло дигар бартар аз ишқ байни мо афтода буд, ки рӯзе ҳатман ба воя мерасад ва моро тарк мекунад. Аҷаб дунёи печидаест дунёи модарон. Ҳанӯз наёмада, ба рафтанаш фикр мекардам. Дунёи дигарест модар шудан.

Қаблан ҳеҷ вақт чунин фикр намекардам. Фикр мекардам модарон инсонҳое чун дигаронанд. Тасмиму мантиқи ононро дуруст дарк намекардам ва гоҳ онҳоро маҳкум мекардам ва онҳоро муқассири бадбахтиҳояшон медонистам.

Эҳсос мекардам, ки модарон рӯзгори мустақилли худро надоранд ва байни ину он фарзанд худро аз муҳаббату нигаронӣ калофа мекунанд, то рӯзе модарбузург шаванду самари умри худро бибинанд. Занони ҳомиларо ҷиддӣ намегирифтам. Медидам, ки дӯстонам баъд аз бордорӣ ва ё зоймон шабеҳи модарони худ мешуданд. Аз давраҳои занони шавҳардору занони ҳомила ва ё кӯдакдор безор будам. Гуфтугузорҳои такрориву мавзӯъҳои якнавохти рушди ҷанин, ки бештар байни онҳо сурат мегирифт, барои мани ҷавон, ки ба ҷуз китобу рӯзнома дилгармии дигаре надоштам, ин давраҳо бӯи дарҷомондагӣ медод. Бахусус, вақте бача пушти бача ба дунё меоварданду худро дар сахтӣ мегузоштанд, то ду, се, чаҳор ва ё ҳатто панҷ фарзандро ҳамзамон бузург кунанд ва баъдан ба зиндагонии худ бирасанд. Дар ҳоле ки хуб медонистанд, ки бо ин ҳама фарзанд ба дунё овардан дигар хатти рӯзгори худро аз даст медоданд ва фурсатҳои хубero, ки доштанд, барои ҳамеша гум мекарданд.

Хоҳарам Моҳзода мехост писардор шавад. Мегуфт, танҳо як духтар кофӣ нест. Ӯро сарзаниш кардам. Чӣ зулме! Агарчӣ ӯ баъдан аз ин бобат сипосгузорӣ кард. Гуфт, ки чашмонашро саривақт ба воқеъият боз кардаам. Вақте гуфт, ҳомила асту ин дафъа эҳсос мекунад, ки писар аст, ман аз асабоният сурх шуда будам. Зиёдӣ дар давраҳои пиразанҳо нишасту бархост карда ва ҳоло мехоҳад адои ононро дарбиёрад. Инро фикр кардам. Бо сарзаниш миқдоре пул ба дасташ додам ва ӯро мустақим фиристодам суроғи мутахассиси сиқти ҷанин. Ҳатто ҳамроҳаш нарафтам, то дар он лаҳзаи сахт бо ӯ бошам.

Вақте худам соъатҳо дар бемористон мунтазири пизишки занон мондам, фаҳмидам, ки чӣ рафторе кардаам бо хоҳарам. Донишҷӯ ҳастӣ ва духтаре нуҳмоҳа дорӣ. Истидлолам ин буд. Пои худро ба пои модаронамон баробар накун. Мо мисли онҳо азхудгузаштагӣ надорем ва ҳатто ҷисми солиме ҳам мисли онҳо надорем. Насли мо фарқ мекунад. Чиро насли мо фарқ мекунад?

Он замон ба ин суолаш наметавонистам ҷавоби рӯшане диҳам. Гарчӣ медидам, ки фарқ мекард. Дар он даврони донишҷӯӣ ба касе табдил шуда будам, ки ангор бо худ тасмим гирифтааст ҳар кореро, ки падарону модаронамон кардаанд, такрор накунад. Ба ҳар панду насиҳат бо шакку тардид вокуниш нишон медодам ва ҳамеша аз худ мепурсидам: Онон, ки ин ҳама заҳмат кашиданд ва ин ҳама фарзанд ба бор оварданд, чӣ насибашон шуд? Ба занони ҳомила бо кароҳат нигоҳ мекардам. Худозорҳое беш нестанд. Чунин фикр мекардам.

Ҳамин алъон ҳам фикр мекунам ҳомила шудан ва ҳатто фарзанди худро ба бор овардан дар даврони мо он қадр шарофат надорад, ки ба фарзандӣ пазируфтани як навзоди ятиму бепаноҳ. Ҳамеша мехостам сафаре ба Афғонистон биравам ва кӯдакеро бо худам биёварам ва аз дасти Толибон наҷот бидиҳам. Мехостам зиндагониямро намунавор барои дигар форсизабонон ба сар кунам. Бо ҳамсаре эронӣ ва кӯдаке афғонӣ дар доман, худамро бештар самарқандӣ эҳсос мекардам.

Чаҳор ҳафта сабр кардам ва ба касе аз тасмими худ чизе нагуфтам. Ангор кори ғайри рӯшанфикронае карда бошам. Гоҳе ҳам талош мекардам, ки аслан нафаҳманд. Дар давраи дӯстоне, ки ангор фарзанддорӣ аз охирин корҳоест, ки дӯст доранд анҷом диҳанд, худро ақабмонда ва деҳотӣ эҳсос мекардам. Аммо дар таҳи дил ангор боварам намешуд, ки метавонам ҳомила шавам. Сиву ду солам буд ва бо ин ки ҳеҷ гоҳ қурси зидди бордорӣ нахӯрда будам ва бебокона аз тамоми ҳамхобагиҳоям лаззат бурда будам, боре ҳам дар фикри ҷилавгирӣ аз бордорӣ набудам. Боре ҳам ҳомила нашуда будам. Аз ин бобат ҳам хушҳол ва ҳам нигарон будам, ки накунад бефарзанд аз ин дунё бигзарам. Ин дафъа моҳонаам сари вақт наёмад. Бордор шуда будам. Дар рӯзе, ки бисёр бахусус буд.

Дар афсонаҳои мардуми тоҷик чунин буд, ки подшоҳон ситорашиносони ҷаҳонро ба дарбори худ даъват мекарданд, то барояшон таъйин кунанд, ки дар чӣ рӯзу чӣ соъат бояд бо маликаи худ ҳамхобагӣ кунанд, то шоҳзодае боҳушу қавӣ ба дунё биёяд. Боварам мешуд, ки ман низ дар замоне офарида шудаам, ки ситораҳои хуб даст ба дасти ҳам дода буданд. Аммо вақте аз модарам пурсидам, ки оё маро бо барномарезӣ ва таҳқиқи бахусусе сохтаанд, гуфт:

– Ҳамаи бордориҳоям замоне иттифоқ афтода, ки падарат маст ва дер ба хона омада.

Аз ин ки барои офаридани ман заҳмати зиёде накашида буданд ва бо ситорашиносон машварат накарда буданд, нороҳат будам. Аммо ҳоло, ки ба он гуфтаи модарам дубора фикр мекунам, мефаҳмам, ки манро баъд аз нигарониҳову роҳнигариҳои зиёд ва дар ҳамхобагиҳои пур аз шавқу шодӣ асосгузорӣ кардаанд.

Замоне ки мехостанд он як ҳамхобагии ширину зебои худро барои ҳамеша ба ёд биспоранд. Билохира ин иттифоқ барои ман ҳам рух дод. Ҳарчанд ин ман будам, ки аз сафари дур масту дер баргашта будам. Ин иттифоқро бисёр мехостам, аммо дар таҳи дил аз он метарсидам. Ҳатто фикрашро низ аз худ дур мекардам ва ҳамеша омода будам барои сиқти ҷанин. Ҳамеша фикр мекардам, ки сиқти ҷанин як иттифоқест мисли дандон кашидан.

Рӯзе яке аз дӯстон маҷаллае бо номи «Занон дар амвоҷ» овард ва гуфт, ки ин маҷалла нашрияи

созмони занони фаъолест, ки барои анҷоми сиқти
чанин дар кишварҳое, ки мамнӯъ аст, ба занон
кумак мекунанд. Онҳо занони бордорро савори
киштӣ мекунанд ва ба бахше аз дарё мебаранд,
ки ҷузви ҳеҷ кишваре нест ва онҷо бо пизишкони
ҳирфаӣ, ки худ узви ин созмонанд, амали
ҷаррохии сиқти ҷанинро анҷом медиҳанд. Аз ин
фикр бисёр завқзада шудам ва ба ин фикр кардам,
ки филми мустанаде аз ин моҷаро бисозам. Аммо
наметавонистам ба он киштӣ роҳ ёбам, магар ин
ки воқеъан ҳомила бошаму бихоҳам сиқти ҷанини
пинҳонӣ анҷом диҳам. Гуфтам мушкиле нест,
имшаб мераваму ҳомила мешавам ва чанд рӯз
аз кор мураххасӣ мегираму ин филмро месозам.
Меҳдӣ, ки хушбахтона оқилтар аз ман аст, гуфт,
«бо ин ҷур чизҳо намешавад шӯхӣ кард». Он
замон ба умқи ҳарфаш нарафта будам.

Чиҳил рӯз гузашту моҳонаам наёмад. Яъне
ман бешак обистан будам. Озмоиши пешобе, ки
як ҳафта пеш анҷом дода будам, ҳанӯз обиранг
канори ойинаи ҳаммом буд. Озмоише, ки ба он
эътимод намекардам ва ҳанӯз тарсе дар таҳи дил
доштам, ки ман ҳеч вақт ҳомила нахоҳам шуд.
Ҳоло ки хаёлам аз бобати ҳомила буданам роҳат
шуд, ба ин фикр афтодам, ки оё воқеъан вақташ
аст? Оё баъдан пушаймон нахоҳӣ шуд? Оё замону
макони муносиберо интихоб кардаӣ? Барои ин
мавҷуди зебо, ки дар партави нури ӯ ман низ
зебо шуда будам, оё Амстердам шаҳри хубест? Ба
атрофам нигоҳ мекунам, ба ҷуз китобҳои рӯйи ҳам
рехтаву бастабандишуда ва ду лаптоп чизи дигаре

моли мо нест. Хонаро аз як марди хушсалиқаву
хушахлоқи ҳуландӣ бо тамоми васоилаш иҷора
кардаем.

Аз васоили ошпазхона то телевизиюн ва
наққошиҳои зебои пустмудерн ва чанд кӯзаи
бузурги сафолини кори дасти ҳиндӣ. Аммо ин
хонаи зебо барои китобҳои ману Меҳдӣ ҷои
кофӣ надорад, ва мо аз рӯйи ночориву камбуди
замон барои пайдо кардани ҷойи бузургтаре дар
маркази шаҳр дар ин хона ҳудуди як солу ним
мондаем. Ҳоло, ки қарор аст нафари севум низ ба
мо бипайвандад, ба шароити рӯзгор дубора назар
меандозам. Ҳарчанд дер аст, ҳарчанд тасмим қабл
аз ин мулоҳизаҳо рух додааст.

Кӯдак будам ва ҳамеша дар китобхонаи
падарам шаброро рӯз мекардам ва дар сездаҳ-
чаҳордаҳсолагӣ ба китобҳое рӯбарӯ мешудам, ки
ба гуфти модарам, худам дар даврони кудакӣ ё
ҷавида будам ва ё пораашон карда будам. Вақте
бузург шудам, дидам китобҳоеро, ки дӯст дорам,
дар кӯдакӣ бо кумаки дандонҳои худ интихоб
кардаам. “Муршид ва Маргарита”, “Ёддоштҳо”-и
Садриддин Айнӣ”, “Капитал”-и Маркс,
“Шоҳнома” ва “Афсонаҳои мардуми тоҷик”.
Китобҳои пурҳаҷм ва хушрангу бӯ. Ҳамчун кирми
решахор дар китобхонаи падарам мегаштам ва ҳар
китобе, ки дар дастрасам буд, меҷавидам. Фикр
кунам падарам маро хеле дӯст дошт, ки бо ин ҳама
харобкорӣ боре ҳам танбеҳам накарда буд. Танҳо
вақте бузург шудам ва ба падар гуфтам, чиро аз
дастам нагирифтеду гузоштед ин ҳама китобро

аз байн бибарам, гуфт, агар он вақт ҷилавгирӣ мекардам, алъон суроғашон намеомадӣ. Ангор кӯдакон зотан душмани китобанд.

Ба китобҳои даври хона нигоҳ мекунам. Гӯё ҳеч кадом арзиши онро надорад, ки ба хотири он битавонам кӯдакеро, ки тоза мехоҳад таъми тамоми чизҳои дунёро бичашад, сарзаниш кунам. Аммо ин ду бо ҳам намесозанд. Бояд дар таҳи дил аз баҳри яке аз ин ду мегузаштам. Ё аз баҳри кӯдак ва ё аз баҳри китоб. Аммо мехоҳам ҳардуро дошта бошам. Медонам ин тифли зебое, ки дилбари ҷадиди ман шуда ва ман ҳозирам ба хотири ӯ ба ҳар кори дунё даст бизанам, фардо душмани дафтару китоби ман хоҳад шуд. Ҷои китобҳоямро танг хоҳад кард. Агар танҳо бигзорамаш, ҳамаро пора хоҳад кард ва дона- дона ба даҳони кӯчаки худ хоҳад бурд ва хоҳад чашиду хоҳад ҷавиду хоҳад хӯрд. Дақиқан ба шеваи худи ман. Агар ҳам ин корро накард, мумкин аст, ки аз ӯ ноумед шаваму фикр кунам, ки шабеҳи ман нахоҳад шуд. Бигзор шабеҳи ман набошад, бигзор аз ман беҳтару қодиртар бошад. Ман утоқи кӯчаки худро доштам, ки канори китобхонаи падар буд. Вақте хоҳаронам бузургтар шуданд, маро ба китобхонаи падарам мунтақил карданд ва утоқи маро ба хоҳарам доданд. Падарам барои ҳамаи мо кӯдакон утоқи ҷудогона дода буд.

Ман аммо барои як кӯдак низ ҷои муносибе надорам. Ин фикр хаёламро мушавваш мекунад. Бо ин ҳама нигаронии ман дар чизи дигарест. Дар ин ки ин тифл низ мисли ман сарнавишти печидае

хоҳад дошт. Фақат ба хотири ин ки фарзанди ман
аст. Мане, ки модари ӯям ва бояд забону ҳувиятро
ба ӯ мунтақил кунам. Аммо кадом як аз ин ҳувият
ва забонро? Забони модариям тоҷикӣ ё порсӣ аст,
дар Самарқанд ба дунё омадаам, модарам зани
бисёр бозавқу ҳунар, ва падарам аз раҳбарони
маҳаллии ҳизби кумунист дар замони Шӯравӣ
аст, ки истеъдоди хубс дар риёзиёт ва шатранҷ
дорад.

Падару модарам ҳарду бо тамоми талош моро
бо фарҳангу адабиёти форсӣ ошно мекарданд,
дар ҳоле ки интизор доштанд раҳбарони ояндаи
ҳизби кумунисти ҳоким бишавем. Забони
русиро дар мадраса ба унвони забони дувум ба
мо омӯзиш медоданд. Ҳарчанд ҳеҷ гоҳ дар хона
ба забони русӣ ҳарф намезадем, ба ҷуз замоне
ки меҳмони русизабоне доштем. Ба далели ин
ки бештари дӯстони хонаводагии мо рус буданд.
Ҳоло ки ба гузашта фикр мекунам, мебинам,
ки модарбузурги падариям Гулхоним буд, ки
фарҳангу эҳсоси тоҷиконаро ба мо мунтақил
мекард. Бо афсонаву достонҳои даврони қабл аз
инқилоби Русия, ки шабонгоҳӣ қабл аз хоб барои
мо кӯдакон мегуфт.

Бо намоз хонданҳояш ба забони форсӣ. Бо
дуъоҳои хушбинонааш, ки ҳамеша тӯлониву
мавзун буданд. Модарбузург аз пирони маҳал
буд, ки бидуни дуъо ва ризояти ӯ ҳеҷ маросими
маҳаллӣ анҷом намешуд. Ҷояш ҷаннат бод. Рӯзи
ба хок супурдани ӯ ҳазорон мардум ҷамъ омада
буданд ва маросимро маҷбур шуданд дар саҳни

мадрасаи маҳал баргузор кунанд. Модарбузург улгуи марду зан ва пиру ҷавони маҳалли мо буд. Соле, ки модарбузург фавт кард, системи Шӯравӣ низ аз байн рафт.

Тобистони он сол ҳамаи барномаҳои аз қабл рехтаам ба ҳам рехт. Орзу доштам бо дуъои модарбузург барои таҳсил ба Душанбе, пойтахти Тоҷикистон, биравам. Аммо баъд аз фурӯпошии Шӯравӣ марзҳои байни Узбекистону Тоҷикистон баста буд ва ҷангҳои дохилии Тоҷикистон шурӯъ шуда буд. Модарбузург низ аз саратони рия баъд аз се моҳи ранҷу беморӣ моро тарк кард. Шӯравӣ аз ҳам пошид ва ман маҷбур шудам забони узбекӣ бихонам. Баъдан дар Ландан ба муддати панҷ сол забони инглисӣ хондам. Ҳоло ки худуди ду сол аст дар Амстердам ба сар мебарам, басахтӣ талош мекунам забони хуландиро низ аз бар кунам. Гоҳе бо худ фикр мекунам, ки забон омӯхтан то кай? Инсон бояд чанд забонро дар як умри кӯтоҳ ёд бигирад? Ҳоло ки ёд гирифт, чӣ бигӯяд бо ин ҳама забонҳое, ки омӯхта? Гузашта аз ин ҳама, баҳси ширину ҳамзамон талхи ҳувият низ дар миён аст. Мани модар, ки худро ҳамеша самарқандӣ медонаму муъаррифӣ мекунам ва тоҷикзабонам, фарзанди худро бояд дар хоки дур аз Ватан ба замин бигзорам, то худ пеши худ интихоб кунад, ки чӣ забонҳоеро биёмӯзад ва чӣ кишвареро ба унвони Ватан бипазирад?

Ҳарчанд дар таҳи дил метарсидам, ки ин кӯдак бо ҳар далеле нахоҳад дар Самарқанд, дар шаҳри азизи ман, зиндагонӣ кунад. Ҳувиятро намешавад таҳмил кард. Ҳамчунон ки ман ҳеч вақт русфарҳанг нашудам ва ё ҳеч вақт узбек ё ҳуландӣ нахоҳам шуд. Мехоҳам бидонам, ки оё ман метавонам батанҳои фарҳанги ғанию бостонии порсиро ба ин кӯдаки навпо муъаррифӣ ва мунтақил кунам. Талош хоҳам кард бо шеваи модарбузург, бо қисса гуфтанҳои мудом ва бо достонхониҳои ҳаяҷонангез чунин кунам. Роҳи дигаре балад нестам.

– Дард дорам Худоё!

Аз ин ҳарфҳо зиёд шунидаам. – Ба паҳлӯ мегардад Меҳдӣ. Ҳар вақт дард надоштӣ, бигӯ.

– Ту ки Худо нестӣ, бихоб, бо ту нестам.

Бо сахтӣ талош мекунам шӯхӣ кунам. Аммо нола раҳо мешавад аз вуҷудам. Ба ман чӣ ки соҳибхона хоб аст.

– Болиштаки ҳастаи[1] гелосро гарм кунам? – Аз ҷой мехезад Меҳдӣ.

– Ҳастаи гелос? Мутахассис мехоҳам. Хаста шудам аз ин дард. Чиро бояд ин ҳама дард бикашам?

Нимашаб аст ва ман боз ба зане табдил шудаам, ки ҳеч марде тоқати ӯро надорад. Зани дардманду бадахлоқ. Аз ин лаҳни ҳарф задан безорам. Аммо гоҳе аз банд раҳо мешавам ва туғён ба по мекунам ва боз сукут менишинад байни ману Меҳдӣ. Тақрибан ду моҳ аст, ки дар ин аҳвол шаброо субҳ мекунем. Ангор субҳ бо панҷаҳои рӯшани худ тамоми дардамро мегирад. Ҳузурашро ҳамеша

─────────────

1 донак

аз пушти панҷараҳои бепарда эҳсос мекунам. Нигоҳи нурбораш ба хоби ширини мо хира аст. Дардҳои ваҳшатнок фикру андешаҳоямро мушавваш карда буд. Эҳсос мекардам, ки ин ҳама дард табиъй нест. Аммо дӯст доштам бо тамоми вучудам муқовимат кунам ва пойи худро ба зиндагии бузургсолон бигзорам. Модар шавам. Зиндагонии воқеиро ламс кунам. Аммо ҳоло, ки рӯзгор дар як сония ранги дигар гирифта, гоҳе фикр мекунам, ки ин дардҳои шабонгоҳи бордориро бояд танҳо бикашам? Ё ҷомадонҳоямро бибандам ва бидуни ҳеч ҳарфу барномае ба Самарқанд баргардам?

Обистан будан бидуни дасти дуъое бо забону лаҳни модарбузург бароям маснуъй менамуд. Чизе кам буд. Ҳузури касони дастгиру ҳамдил. Он давраҳои занони ботачруба, ки ҳамеша аз онҳо гурезон будаму ҳеч гоҳ ба ҳарфҳояшон гӯш надодам, ки ҳоло ба дардам бихӯрад. Мехостам аз ин кишвар биравам. Аз ин кишваре, ки зани бордор рӯи дучарха бидуни ҳеч маҳдудияту муроқибате ба рӯзгори маъмулии худ идома медиҳад. Баъзе авқот дилам чизе мехост ва намедонистам, ки чӣ чизест. Нисфи шаб аз дард ҷаҳидам ва ёдам омад, ки дилам чӣ мехоҳад.

Дуди исфанд. Дилам дуди исфанди модарбузург мехост, ки вақте модар обистан буд, рӯи лагане чанд шоха исфанд мегузошту дуд мекард. Зери лаб дуъое мехонду хонаро пур аз дуди тунду дилнишин мекард. Кош исфанде мебуд инҷо. Худ барои худ дуд мекардаму ба шаҳзодаи кӯчаке, ки

дар батни ман аст, мегуфтам, ки исфанд яъне чӣ.
Бояд аз ҳамин рӯзҳои аввал, аз замоне, ки дигар аз
вуҷудаш хаёлам роҳат шуда, бо ӯ ҳарф бизанам.
Ба ӯ кумак кунам, ки роҳи худро дар ин зиндагӣ
интихоб кунад.

Ҳафтаи шашуми обистанӣ ҳамеша ба ёди
оҳангҳои Мутсорт меафтодам. Дар гӯшам оҳанги
ошнои ӯ садо медод. Ҳатто хоб медидам, ки дар
ҳоли пиёну навохтанам. Дар шигифт аз маҳорати
худ аз хоб бедор мешавам. Субҳ хобамро ба Меҳдӣ
гуфтам ва ӯ табассум карду чизе нагуфт. Гоҳе эҳсос
мекунам, ки Меҳдӣ байни ин ҳама машғулияти
худ дар родию ёдаш меравад, ки ман обистан
ҳастам. Ман рӯз то рӯз дар ҳоли тағйирам. Рӯз
то рӯз дар дунёи тоза ғарқи хаёлу орзӯҳои худ
ҳастам. Хеле авқот намехоҳам ӯро бо ҳазёнҳои худ
бечора кунам. Рӯ ба рӯйи ойинаи бузург то камар
лухт мешаваму ба шиками баромадаи худ нигоҳ
мекунам. Гоҳе дилам мехоҳад, ки дигар либос
ба тан накунам. Гузашта аз ин ки пӯсти камару
шикамам ҳассос шуда, зебоии амиқеро дар шаклу
шамоили тозаи худ мебинам, ки мехоҳам аз он
сероб шавам. Худшефта. Аввалҳо бо ойина ҳарф
мезадам. Аммо баъд аз ин ки дар интернет хондам,
ки дояе навишта буд кӯдак ба эҳсосу афкори модар
мутаваҷҷеҳ мешавад, одати ҷадидам ин буд, ки бо
ӯ ҳарф мезадам. Ҳарф задан бароям роҳаттар буд,
то нишастану ёддошт навиштан. Дафтари бузурге,
ки барояш харида будам, ҳеҷ гоҳ боз накардам ва
чизе дар он нанавиштам. Аз Олмон харида будам
ва ба забони олмонӣ буд. Намехостам пойи забони

дигаре ба саффи забонҳое, ки ман даргирашон ҳастам, изофа шавад.

Дар муқобили ойина росту нимъурён меистодам ва бо ӯ ҳарф мезадам. Аввал худро барояш муъаррифӣ кардам:

– Салом азизам. Ман Шаҳзодаам, модари ту. Намедонам аз ман хушат меояд ё на. Вале тақдират ҳамин аст, ки ман модари ту бошам. Аммо нигарон набош, агар аз ман розӣ нестӣ, чун падари хуберо бароят интихоб кардаам.

Ҳеч вақт ба ин ҳад вобастаи офтоб набудам. Аммо бештар аз офтоб дилам гармои хуршеди фарҳанг ва расму одатҳои мардумии худамро металабид. Худро дар ин шаҳри бегона, ки ҳанӯз забонашро низ хуб наёмӯхтаам, танҳо ва бе пушту паноҳ эҳсос мекунам.

Ангор хонаи модарам бемористони марказии шаҳри Амстердам буд, ки номашро дӯст доштам: «Меҳмонхонаи бонуи меҳрубони мо»[1]. Бо кӯчактарин суол метавонам ба онҷо мурочеъат кунам. Ҳуландиҳо одамҳои бахусусеанд. Ҳама чизашон бо дигар кишварҳои урупой тафовут дорад. Барои мисол, ҳамин ки ба бемористон чунин исме гузошта буданд. Ҳарчанд зиёд аз пазироияшон розӣ набудам, аммо хоксориву меҳрубонияшон қобили таҳсин аст. Дуктури аслии бахш, ҳарчанд ки вақти зиёде барои як бемор сарф накунад, ҳамеша ҳамшира ё

_____

1 Onze Lieve Vrouwe Gasthuis (OLVG) ки ба ёди Марями Муқаддас номгузорӣ шуда аст.

парасторе доранд, ки дар хидмати шумо ҳаст ва талош мекунад ба тамоми суолҳоятон ҷавоб диҳад. Пизишкони инҷо тамоми талошашонро мекунанд, то мумкин аст бароятон қурс ё сӯзану дору надиҳанд, аз бас фикр мекунанд, ки бояд сохтори эминии баданро тақвият кунанд. Дақиқан баръакси пизишкони кишварҳои мо, ки то метавонанд, шуморо гирифтори ин ё он қурс мекунанд.

Ин гуна бархӯрд шояд барои бемороне, ки аз кӯдакӣ бо ин роҳ парвариш ёфтаанд, дуруст ҷавоб диҳад, аммо барои мане, ки ҳамаи кӯдакиву ҷавониям дар бемористонҳо гузашта, ҷавоб намедод. Дар натиҷа, як соли дароз ман ё мариз будам ва ё аз камқувватӣ беҳол. Ба назарам чунин меомад, ки пизишкони инҷо тамоми талоши худро ба харҷ медиҳанд, ки ширкатҳои бимаи саломатӣ варшикаст нашаванд ва беҳуда барои беморон нусха нанависанд. Вале бемороне чун ман гоҳе қурбонии ин навъ бархӯрд мешуданд, ки чандтои онон иттифоқан дӯстони эронии мананд.

Камтаваҷҷуҳии пизишкон низ ҳоло ба он изофа шуда буд. Дар шонздаҳ моҳе, ки инҷо ба сар мебарам, аз ҳеҷ дӯсте, ки дар ин шаҳр зиндагӣ кунад, то ба ҳол нашнидаам, ки аз сохтори пизишкии ин кишвар розӣ бошад. Албатта, ҳамаашон мисли ман ба килу-килу қурс хӯрдан одат доранд ва бидуни нусха аз дафтари пизишкӣ берун омадан барояшон вақт талаф кардан аст. Чун ҳатман бояд суроғи пизишки дигаре бираванд, то барояшон чанд қурсеро нусха бинвисад. Ҳоло

ба ин ҳама ноздонаву муътод ба қурс буданам
дардҳои шадиде низ изофа шуда буд, ки пизишки
хонаводагимон мегуфт:

– Ин қадр сахт нагир, модар шудан осон нест.

Лаҳҷаву нигоҳи чашмони эронияшро дӯст
дорам. Қалби тоҷики ман боз гӯл мехӯраду ба хона
ва ҳатто ба сӯйи дафтар ва як рӯзи комили корӣ
меравам. Шаб боз дар ҷаладшам қадам мезанам бо
дард. Танҳо касе, ки шоҳиду шарики ин шабҳои
сиёҳи ман аст, Меҳдӣ аст. Аз худ борҳову борҳо
мепурсам, ки чӣ гуна мумкин аст як пизишк аз
тамоми дарду маразҳои инсон бохабар бошаду
дар ҳамаи ин тахассусҳо иттилоъи кофӣ дошта
бошад.

– Мешавад маро ба мутахассиси занон роҳӣ
кунед?

Мегӯяд:

– Ӯ низ ҳаминро хоҳад гуфт. Агар ғайри ин гуфт,
ман истеъфо хоҳам дод.

Ба қавли дӯстони эрониям, чие дош? – Ҳамин ки
мигам, ба ҳарфи ман чӣ? Гӯш кун!

– Чӣ қадр дард дорӣ? – мепурсад дуктур. – Чун ҳеҷ
навъ мусаккин барои зани обистан намедиҳанд,
барои кӯдак бад аст. Чӣ қадр? Намедонам, меъёри
дардро чӣ гуна месанҷанд? Баъд аз ин ҳама дард
кашидан нафаҳмидам, ки чӣ қадр аст. Мегӯям:

– Чунон ки намешавад хобид, роҳ рафт, китоб
хонд, қомат рост кард.

– Пас зиёд сахт нагиру бирав, нигарон набош.
Фикр кун иттифоқе рух надода.

Бо камоли шармсорӣ ба модарам фикр

мекунаму ба шиками болоомадааш, ки канори танӯри доғ менишасту нон мепухт. Намедонам дард дошт ё на. Танҳо чизе ки дар ёд дорам, шеваи бо ноз даст ба камар аз ҷой бархостани ӯст. Зебову занона буд ин ҳаракоташ. Дилбарона нуҳ моҳ рӯи саҳни ҳавливу боғ мехиромид, то рӯзе бо кӯдаки дигар дар доман аз бемористон бармегашт.

Бо ин ки ин кӯдакро девонавор мехостам, гоҳе аз дард ҷонам ба лаб меомад. Ангор ба дарахти хушке табдил шуда будам, ки мехост ба ҳаракат дарбиёяд. Нишастану бархостанҳоям дур аз нозу зебой буд. Бо дарду фиғон аз ҷой такон мехӯрдам. Ман таҳаммули зиёд дорам. Ман ноздона нестам, ин дард зиёд аст. Ин дард аз меъёри таҳаммул дур аст. Дар умқи дудилию тардид будам, ки оё тоби ин ҳама дардро дорам ё на. Ин фикрҳо калофаам карда буд. Ду-се дафъа фикри сиқти ҷанин ба сарам зад. Ман куҷову бачадорӣ куҷо? Вақте назди дуктурам рафтаму роҳнамой барои дидор бо мутахассиси сиқти ҷанин хостам, гуфт:

– Агар духтари ман мебудӣ, кутакат мезадам. Ту, ки худат медонӣ, синну солат рафта боло ва воқеъан ҳам вақти бачадорият ҳаст. Беҳуда ақаб наяндоз!

– Бубахшед?

Ин аз он ҳарфҳое буд, ки ҳисси ғаризаам мегӯяд баръакси он амал кун. Намедонам чиро ин эҳсоси дифоъии ман ҳамеша аз кӯдакӣ ба ман мегуфт, ки аз ҳар чизе, ки ба ту таҳмил мешавад, фирор кун. Аввалҳо аз сигор кашидан лаззат намебурдам, вале чун дӯстонам мегуфтанд хуб несту накаш,

ман бештар мекашидам. То ин ки дар хунам ҷо
гирифту даҳ сол пушти сари ҳам кашидам.

– Дуктур, ин ҳама дард табиъй нест ва ман дар
ин кишвар танҳоям...

– Бачаро бояд худи модар бузург кунад, азизам.
Лаззати модар будан дар ҳамин аст. Бовар кун,
ту худат хоҳй дид, ки ба ҳеч касе эътимод нахоҳй
кард. Нигоҳ кун, чй қадр зебост модар будан. Мо
мардон ин бахтро надорем.

Хуб медонист ва ҳарфи дили маро мезад.
Медонист, ки аз тарсу тардиду нигаронй афсурда
ва камҳавсала шудаам ва чунон бо эҳсос маро
ташвиқ мекард, ки ангор худ мехоҳад ба ҷойи ман
ин бачаро ба дунё биёварад.

Ҳеч вақт нафаҳмидам, ки исрори пурҳарфии
баъзе мардон ва далели камҳарфии баъзеи
дигарашон дар чист. Як иддаашон роҳат ҳарф
мезананд ва як иддаи дигар ҳамааш нигоҳанд.
Нигоҳи тӯлонй ба рӯят, ба шонаҳоят, ба сару
пистонат, ба рӯзҳои шоду ношодат, ба ҷавониҳоят.
Бо як лаҳни падарона ва бо табассуми ҳамдилона
бидуни нома ба мутахассиси занон аз дафтари худ
ба берун ҳидоятам кард. Инҷо дар Ҳуланд бидуни
номаи дуктури хонаводагй ҳеч мутахассисе ҳозир
нест шуморо муъоина кунад ва се моҳи аввали
бордорй давраи озмоишй маҳсуб мешавад. Агар
чанин аз ин се моҳ ҷон ба саломат барад, он вақт
зани ҳомиларо дарвоқеъ ҷиддй мегиранд.

Ду моҳ бо дарду бехобй сипарй шуд. Ба мавҷуди
зиндае дар батни худ унс гирифтам ва дӯсташ
доштам. Орзӯям ба дунё овардани як духтар буд.

Мисли худам. Аммо дар хобҳоям писаре зоҳир мешуд ноқису якчашм. Дар интернет теъдоди зиёде аз занони бордорро пайдо карда будам, ки веблог менависанд ва ҳар рӯз ёддошт мегузоранд, ки вазъияти худ ва ё кӯдаки дар батн доштаашон чигуна аст. Дар Гугл тойп мекунам: шаш ҳафта ҳомила/ акс. Даҳҳо акс аз ҷанини шашҳафтай бароям пайдо мекунад. Аз дидани ин аксҳо, ки ҳеч шабоҳате ба инсон надоранд, метарсам. Бо тарс, бо дард талош мекардам ҷанини дар батн доштаамро дӯст бидорам ва тамоми дақоиқи ин ду моҳро муроқиби ӯ будам. Ҳеч ҷуръате надоштам аз кобусҳоям забон боз кунам ва бо касе дарди дил. Бештари авқот виёри (ҳаваси) сушӣ[1] доштам. Вале дуктур бароям хӯрдани ҳар гуна гӯшти хомро мамнӯъ карда буд. Бо сахтӣ ҷилави худро мегирифтам, то инки рӯзе аз хоб баланд шудаму дидам, ки дигар ба ҳеч чизи дунё на майл дорам, на виёр. Аммо дард бештар аз қабл шуда ва дигар аз даври шикаму камар фаротар рафта. Поҳоям варам карда ва иштиҳо ба ҳеч ғизое надорам. Дуктур гуфта нигарон набошам ва талош кунам, ки ҳатман чизе бихӯраму вазнамро ҳадди ақал то панҷ килу боло бибарам. Эҳсоси хубе надоштам, ки дигар ин кӯдаки нозанине, ки ин қадр дӯсташ дорам, дархости ҳеч ғизое намекунад. Эҳсос мекунам, ки аз дасти ману нолаҳоям ба дод

---

1 Сушӣ, ғазои жопунӣ аст, мураккаб аз моҳии хом ва биринҷу сабзиҷот, ки сард хӯрда мешавад.

расида. Чиро ман мисли дигар занони бордор ҳолати таҳаввуъ надорам?

– Хуб аст, ки надорӣ. Баъзе аз занҳо хушшонсанд, – мегӯяд Меҳдӣ.

– Худоё, духтаре бидеҳ зебову дилбар!

Меҳдӣ мегӯяд:

– Бигӯ писар!

Мегӯям:

– Солиму боҳуш.

– Меъёри дардро кӣ таъйин мекунад, Меҳдӣ?

Мегӯяд, тавони худи одам.

Вақте навҷавон будам, ошиқи футбол будам ва ин қадр бо писарон бозӣ мекардам, ки аз таб суратам бод мекард ва рангам сурх мешуд. Гоҳе ангушт ва ё зонуи худро ба замин мекӯбидам ва барқ аз чашмонам берун мезад. Вале бояд розро пеши худ нигаҳ медоштам, чун баҳонаи хубе мешуд барои ҷилавгрии ман аз бозии маҳбуби футбол ва ё бозӣ бо писарони мадраса.

Рӯзе ангушти бузурги поям аз зарбаи маҳками тӯпи футбол аз ҷойи худ даромада буд. Ман як шабонарӯз бо ин дард сохтам, то ба он одат кардам ва бо худ фикр кардам, ман метавонам бо ин дард зиндагонӣ кунам, аммо бидуни футбол ҳаргиз. Вале дигар футбол низ наметавонистам бозӣ кунам, аммо дардро бо исрори аҳмақона таҳаммул мекардам. Дер давом накард, то ангушти поям варам карду кабуд шуд. Модар замоне фаҳмид, ки ман мехостам бидуни кафш ба мадраса биравам.

Ҳоло бо худ фикр мекунам, агар ангуштам мешикаст, вале бод намекард ва ё кабуд намешуд, оё модар роҳи дигаре дошт, ки бифаҳмад ман чӣ мекашам? То хунрезӣ шурӯъ нашуд, дуктур дардамро ҷиддӣ нагирифт. То гуфтам "хун", фавран маро ба суроғи мутахассис фиристод. Дардам якбора барояш муҳим шуда буд. Мисли кӯдаконе, ки ба замин меафтанду бо як ҷаст бармехезанд ва ба бозии худ идома медиҳанд, аммо бо дидани нишоне аз хун худро дубора ба замин меандозанду бо тамоми овоз гиря мекунанд. Дуктурҳо бо маризҳои худ мисли ин ки бо кӯдакон рӯбарӯ бошанд, бархӯрд мекунанд? Дар мавриди ман дуктур мисли кӯдаке буд, ки ҳарчанд мегуфтӣ дард дорӣ, бовараш намешуд ва мегуфт, ту модарӣ ва аз модар интизор меравад, ки бо дард бисозад.

Вақте модарам мариз буд, аз ҷои хоб бедораш мекардему бо исрор аз ӯ мехостем моро ба синемо бибарад. Барои дидани филми тозае ҷон медодему ҳамеша ба модари мариз ва ё хаста мегуфтем, дурӯғ мегӯед, мариз нестед, хаста нестед.

Соъати ёздаҳи шаб ба хонааш занг задам.

– Дуктур! Ман хунрезӣ дорам.

Аз шунидани калимаи хун тарсиду бовараш шуд, ки ман дард дорам. Бовараш шуд, аммо замоне ки дигар дер шуда буд. Ман чунин фикр мекунам. Дуктур назари дигаре дорад. Мегӯяд, баъзе аз занҳо се моҳи аввали бордорӣ бояд зиёд муроқиб бошанд, ки мумкин аст нутфа ҷон ба саломат набарад ва ё, ваҳшиёнатараш, сиқти ҷанин дар се моҳи аввал табиъӣ аст. Албатта як аз даҳ нафарашон. Ангор гуфта бошанд, ки хиёнат дар се моҳи аввали издивоҷ табиъй аст, чун баданашон ба зиндагонии муштарак одат надорад.

– Мешавад, лутфан, ба ман далели ин табиъй будани сиқти ҷанинро тавзеҳ бидиҳед?

Мегӯяд:

– На, далели хоссе надорад.

Бо худ фикр мекунам: Дорад, ҳатман бояд дошта бошад. Ҳадди ақал ба ман бигӯяд, ки чиро ин иттифоқ барои ман рух дод.

– Ҳеҷ чиз дар дунё бидуни далел намеояду бидуни далел намеравад, оқои дуктур! Ҳатман далеле дорад, аммо вақте мефаҳмед, ки замон гузаштааст ва ҳатто гоҳе намефаҳмед, ки ин зан, ва ё ба қавли шумо, ин бадан, ва ё ҳатто ин раҳим чӣ мушкиле доштааст. Чироҳои ин зан ҳатман ҷавобе дорад, на?

Дардноктар аз ҳама ин аст, ки вақте намехостам, исрор барои нигаҳ доштанаш мекарданд, вақте мехоҳам нигаҳаш дорам, мегӯянд намешавад, бигзор биравад. Ман аз ин ҳама ҳарфу насиҳат хастаам. Ман ба ҳамаи шумо шак дорам. Чиро бояд рӯзу шаб худро ба дасти касоне биспорам, ки забони маро намефаҳманд, қалби маро намефаҳманд? Бо дуктурҳо намешавад ҷангид. Мешавад, аммо фоида надорад. Худо ҳам гоҳе наздашон оҷиз аст. Худо танҳо роҳе, ки дорад, ин аст, ки ҳисоби худро бо ин мардум баробар кунад. Яъне ҳарчи онон мегӯянд, ӯ баръаксашро муҳайё кунад, то худ ба дониши худ шак кунанду ҳеҷ вақт қотеъона ҳарфе назананд. Ҳарфи охир пеши пизишкон нест. Шояд пеши Худо низ набошад. Ба худ фикр мекунам: Оё ҳеч дуктуре ба дуктуре дигар эътимод мекунад, вақте муҳтоҷу мариз аст?

Садои микрувейв меояд. Се дақиқа аз ин шаб гузашт. Болиши кӯчаке дорам аз ҳастаи гелос, ки аз Бруксел яке аз дӯстон бароям пешниҳод кард ва гуфт беҳтарин мусаккини дард аст. Ҳар бор се дақиқа гармаш мекунам, то як соъат маро таскин диҳад. Ду моҳ аст, ки ҳастаи гелос гарм мекунаму дунболи дард аз як узв ба узви дигари худ мегардам, то сарнахи дарди гурезонро пайдо кунам.

Шабҳоро дӯст дорам, вақте метавонам чизе бихонам, чизе бинвисам. Аммо ҳеч вақт фикр намекардам, ки аз шаб ин қадр безор шавам. Мане, ки лақаби ҷуғд ё ҳамон буфро доштам – аз бас ошиқи шабу шабзиндадорӣ будам – ҳоло ба касе табдил шудаам, ки тамоми лаънати дунёро ба сӯйи ин шаби дергузар, ин маҳбуби дерини худ, мефиристам.

Зани бордор набояд қурси мусаккин истеъмол кунад. Нуҳ моҳ тамрин аст барои бурдбориву боло бурдани тавони дардкашии зан. Чун асбҳои ваҳшӣ шудаам ва ба ҳеч банду бағале намегунҷам. Бояд дар даштҳои бепоёни дард тамоми шабро қадам занам ва хоби ширини Меҳдиро тамошо кунам.

Ба рӯзгори падару модари худ нигоҳ мекунам. Ҳеч вақт дӯст надорам мисли онҳо худро фидои фарзанд кунам ва хостаҳои худро дар саффи охир бигзорам. Ангор барои ин инсоният ва қаҳрамонӣ

тавоне надорам. Дар тавони ман нест, ки даст аз
хостаҳои худ бардорам. Дар тавони ман нест, ки
сари болини кӯдаки ширине бедор бимонам.
Аммо эҳсос мекунам, ки тавони ин ҳамаро пайдо
кардаам ва ҳозирам бо ҳама бичангам, то ин
кӯдакро нигаҳ дорам.

Ман ҳам фиреби табиъати худро хӯрдам. Модар
шудан билохира садди роҳи ман хоҳад шуд.
Вале бигзор. Ман ба чашмони ин тифли ширин
бо виқор нигоҳ хоҳам карду барояш ҳар чизе
ки худ дар кӯдакӣ надоштам, муҳайё. Ҳарчанд
дӯст надорам кӯдаки ноздонаву беҳунаре ба бор
орам. Дарёе дар дилам туғён мекунад. Медонам,
ки Рустаме хоҳад буд. Аммо дӯст надорам, ки
шикамамро пора кунанд. Дучори дугонагии
шадиде шудаам. Мехоҳам. Намехоҳам. Тасмим
мегирам. Назарамро иваз мекунам. Шаб, ки шуд,
дард мекашам. Рӯз, ки шуд, бо ифтихор аз ин
ки мавчуде дар батни ман маро мебинад, аз чой
бармехезам. Бо шеваи занони обистан. Зебову
сангин. Аввал шонаҳои худро баланд мекунаму
баъд шиками худро. Як даст такя бар замин ва як
даст муроқиби чанин. Ҳамеша дар ин ҳолат эҳсос
мекунам, ки қувваи кашиши замин бештар шуда
ва маро ба сӯи худ мекашад ва бархостанамро
сахттар мекунад. Аммо вақте худро сари ду пой
мегузорам, ангор тамоми фариштагон зери
бағаламро мегиранду чобукона ва бовиқор қадам
мезанам.

Дар хиёбон дигар нигоҳам дунболи духтарони
чавону хушлибос нест, балки дунболи ҳар зани

бордорест. Ангор танҳо зани зебову бартар зани обистан аст. Ҳар бор ки нигоҳи ду зани обистан ба ҳам мехӯрад, бидуни калима ҳазорон ҳарфу назар радду бадал мешавад, ки мардумони маъмулӣ қодир ба дарки он нестанд. Вақте бист солам буд, орзу мекардам, ки ҳеч инсоне маро бо шиками баромада набинад. Ҳоло бо ин ҳама дард дӯст дорам маро бибинанд. Ман занеам, ки базудӣ модар хоҳад шуд! Ман инсонеам, ки дар ман иттифоқоту эҳсосоте рух медиҳад, ки Худо дошт, вақте инсонро меофарид. Аз ин ҷост, ки як писари зебову ҳарфгӯшкун намехоҳам. Духтаре мехоҳам чун Ҳаво саркашу кашшоф. Ман эҳсоси як заминро дорам дар шурӯъи баҳор. Аммо бо ин ҳама эҳсоси шодмонӣ чиро ин қадр метарсам? Чун ба худам қавл додаам, ки мисли духтарони маъмулӣ набошам? Ман касеро надорам, ки ҳамаи шикастҳоямро ба гарданаш бигзорам. Ҳамаи ихтиёр аз кӯдакӣ то ба ҳол дар дасти худи ман будааст. Аммо ҳоло эҳсос мекунам, ки ин кӯдаке, ки даруни ман асту ҳоло ба андозаи як гандум қад кашида, тамоми ихтиёри маро мехоҳад ба дасти худ бигирад. Гоҳе эҳсоси маъмулӣ будан мекунам ва аз худ мутанаффир мешавам. Чиро бояд ба ин содагӣ ақабнишинӣ кунам?

Дар даврони кӯдакӣ вақте модарамро ҳомила медидам, аз ӯ мутанаффир мешудаму ба худ фикр мекардам, ки ин зан чиро ин қадр кӯтоҳнигар аст ва ё гоҳе ин қадр дурнигар. Ҳама медонистанд, ки ман пушту паноҳи ҳеч як аз онҳо нахоҳам буд ва баробари ин ки гузарномаи худро гирифтам, зиндагонии мустақилле хоҳам дошт. Модар барои ҳамин маро бештар дӯст дошт, медонист, ки дилаш барои ман бисёр танг хоҳад шуд. Медонист ва борҳо мегуфт ҷойи ту инҷо нест. Ман ҳадди ақал дар ватану хоки падарони худ ба дунё омадам. Ин тифл куҷой хоҳад буд?

Ватани ин кӯдаки бечора куҷост? Замоне буд, ки мо тоҷикон нигарон будем, ки фарзанд бидуни падар ва ё қабл аз издивоҷ ба дунё наёяд. Бепадарӣ гуноҳи сангине буд барои модару кӯдак. Аммо бепадарӣ гуноҳ нест. Гуноҳ беватаниву бефарҳангӣ аст. Худоё, ман ба ин кӯдак чӣ гуна қисса хоҳам кард, ки Самарқанд, шаҳри азизам, азизтар аз ҳар чизест барои ман. Самарқанд ватани ману ӯст. Кӯдаке, ки дар Амстердам қарор аст ба дунё ояд ва бо забоне дарс бихонад, ки на падару на модараш бо он суҳбат мекунанд.

Худоё, коре накун, ки пушаймон шавам. Коре накун, ки пушаймон шавӣ, – мегуфт падарам. Маро сари зонӯяш менишонд. Вақте меҳмон доштем, бо ифтихор аз ман мехост шеъре бихонам ва ман борҳо бо гардани дарозу дастони лоғар, домани кӯтоҳи худ ба даст, хондаам:

Машав навмед, агар духтар бизодӣ,
Ки аз духтар бувад пайваста шодӣ!
Басо духтар, ки соҳибтоҷ гардад,
Ба пешаш сад писар мӯҳтоҷ гардад!

Семоҳа ҳомилаам, аммо шикамам ба андозаи шашмоҳа бузург аст. Аз шиддати дардҳои шабона лоғару хастаам. Вале дар чеҳраам нуре пайдост, ки бароям тоза аст. Зебо шудаам. Зиёд ба ойина менигарам ва гоҳе бо худу гоҳе бо шахси севуме, ки дар батн дорам, ҳарф мезанам.

Ҳамеша аз ин номе, ки модарбузург бароям гузошта, ғуруре ниҳон доштам. Аммо ин рӯзҳо он ғурур чандин мартаба афзуда. Шаҳзода дигар кӯчак нест. Шаҳзода бузург шудааст ва шаҳзодаи кучулуи дигаре ҷойи ӯро гирифтааст. Ғуруру ифтихорам ба хотири туст, эй шозда-кучулуи ман! Дар он дунёи кӯчаки раҳим ба ту хуш намегзарад. Медонам. Эҳсос мекунам, ки ту аз дунёи бузурги берун ҳарос дорӣ. Ман ҳам аз дунёи кӯчаки ту. Ман тамоми талошамро ба харҷ додаам, ки он ҷаҳони торик бароят роҳату беосеб бошад.

Се моҳ аст, ки дигар сигор намекашам. Се моҳ аст, ки дигар лаб ба машруб назадаам. Се моҳ аст, ки бо ин ҳама дард боре ҳам қурси мусаккин нахӯрдаам. Чун ту нуҳ моҳ дар бадани ман иҷора хоҳӣ нишаст ва баъд то чанд соли дигар ҳамхонаи ман хоҳӣ буд. Ҳеҷ вақт нигарони ин набош, ки ман туро ба хотири саргармии худ офаридам. На! Ман туро барои он офаридам, ки худро дар ту бибинам. Бибинам, ки ман аз куҷо ба инҷо расидам. Мехоҳам бибинам, ки модарон чиро ин қадр бахшояндаанд. Чиро ин қадр худогуна рафтор мекунанд. Мехоҳам бибинам, ки модарам дар ман чӣ чизеро медид, ки ин ҳама маро дӯст дорад. Ҳамеша мехостам як фарзанд дошта бошам. Аммо ба ҳеҷ ваҷҳ намехостам издивоҷ кунам. Ҷомеъа маро водор кард, ки ин гуна андешам. Ҷомеъа занони шавҳардорро дӯст дошту кӯдакони бепадарро маҳкум мекард. Ман мехостам баръакси онро исбот кунам.

Мехостам кӯдаке ба дунё биёварам, ки бо ин роҳ он қавонини ҷомеъаро бишканам. Ба шеваи Таҳмина. Вале худ мебинӣ, ки издивоҷ кардам ва то ҳол ҳеч кӯдакеро дар домони худ напарвардам. Магар ин ки ту дастони кӯчаки худро ба ман диҳӣ ва ман бароят кафшҳои кӯчак бихарам. Аммо аз ман интизор надошта бош, ки бароят хоҳар ва ё бародаре оварам, то ту аз танҳои дар ой.

На, ҳеч вақт ин лутфро бароят нахоҳам кард. Чун музоҳими туву ман хоҳад шуд. Вақти маро хоҳанд кушт ва қаламу дафтару китобҳои туро низ бидуни иҷоза хоҳанд бардошт. Рӯзгори ҷамъу ҷӯре хоҳем дошт сенафарӣ.

Аммо аз ин ки ба ҷуз дард паёми дигаре ба ман намедиҳӣ, метарсам. Чун дар бурҷи ақраб ба дунё омадаам ва фарзандони ақраб модарашонро аз дохил мехӯранд, то худро ба рӯшанӣ бирасонанд. Онҳо баъд аз ба дунё омадан ба модар эҳтиёҷе надоранд. Аммо мо инсонҳо то ба воя расидан эҳтиёҷ ба модар дорем. Ёдам намеояд, ки дафъаи охир кай ба модар занг задаму аз ҳоли ӯ пурсон шудам. Ман дар соли харгӯш ба дунё омадаам. Бо солшумории чинӣ албатта. Ҳоло бояд ту нигарон шавӣ. Чун харгӯши модар баръакси ақраб аст. Аз тарси ин ки бачаашро бибаранду ба ӯ осебе бирасонанд, худ онҳоро мекушад. Бо дандонҳояш хафа мекунад, то бимиранд. Даврони кӯдакӣ чандто харгӯш доштем, ки вақте бача меоварданд, модарам мо кӯдаконро аз қафаси онҳо дур мекард. Чун мумкин буд аз тарси мо харгӯши нодон бачаҳояшро нобуд кунад. Модарбузургам мегуфт, ки ба падарам харгӯшҳои ваҳширо фурӯхтаанд. Чун ӯ ҳеҷ харгӯшеро надида буд, ки бачаҳои худро аз байн бибарад. Ман туро на ақрабвор ва на харгӯшвор мехоҳам. Бо ин ки аз тарсу тардид меларзам, туро девонавор дӯст дорам.

Дар модар будан ҳаяҷоне ниҳонист, ки дар ҳеҷ чизи дигаре нест. Хеле вақт аст, ки эҳсоси як ғуломро дорам. Дақиқан шабеҳи даврони аввали ошиқӣ, ки мо инсонҳо таҷруба мекунем. Аммо модарон ангор ошиқони доимиянд. Метарсам аз ин ки ту бо ин ки беш аз як донаи гандум қад надорӣ, ин қадр ба ман тасаллут пайдо кардай ва тамоми ихтиёри маро гирифтай.

Аҷиб, аз ту метарсам. Ту душмани рӯзгори ҷавонии манӣ. Душмани ҷонию аз ҷон дӯсттар дорам туро. Ҳилолӣ ҳам ангор мисли ман маризгуна ошиқу мӯҳтоҷ буда, ки чунин гуфта. Қарнҳо баъд аз Ҳилолӣ ба ин ҳолат исм гузоштанд ва онро ба унвони як навъ маризӣ пазируфтанд: Синдроми Стокҳолм! Достони ин тӯлонист. Агар имшаб дард бигзорад, бароят хоҳам гуфт. Шозда-кучулуи ман!

Вақте болиши гелосро гарм мекунаму бо худ ба рахти хоб меоварам, Меҳдӣ мефаҳмад, ки аз дард ба дод омадаам.

– Вале чиро вақте ба касони дигар мегӯй, ки дард дорӣ, қабул намекунанд?

- Барои ҳамин ҳам бо онҳо зиндагӣ намекунӣ, – мегӯяд Меҳдӣ.

– Шояд, – мегуяму ба берун, ба торикӣ нигоҳ

мекунам. Торикӣ гӯш ба панҷара додааст.

Валентино Терешково, аввалин зани рус вақте бори аввал қарор буд ба кайҳон парвоз кунад, тамоми вазоифи занонаи худро ба ҷо овард. Нохунҳояшро мураттаб кард. Мӯйҳои баданашро бардошт, беҳтарин либоси зери худро ба тан карду назди ороишгар рафт. Ман чанд нусха аз ӯ акс доштам ва солҳо байни китобҳои дӯстдоштаи худ мегузоштаму орзӯ мекардам. Замоне ки духтарони маҳал номаҳои ошиқона менавиштанд, ман дар орзӯи парвоз ба кайҳон будам. Вақте муъаллим пурсид: кӣ чӣ орзуе дорад, ҳама ба орзуи ман хандиданд ва ман аз он ба баъд эҳсоси амиқи танҳоиро дар худ ҷой додам, ки то дервақт аз ман нарафт. То ба ҳол бо ҳеҷ духтаре рӯбарӯ нашудаам, ки орзуи парвоз ба кайҳон дошта бошад. Терешково зани зебову дилбаре буд. Вай ангор танҳо касе буд, ки маро дарк мекард. Бисёр фикр мекардам, ки чӣ гуна ба ӯ бирасам.

Рӯзномаҳои куҳнаи падарамро варақ мезадаму аксҳои дӯстдоштаамро қайчӣ мекардам ва дар як дафтари калоне, ки солҳо бо ман буд, мечасбондам. Як акси Терешковоро пайдо карда будам, ки духтари навзоди худро рӯи ду дасти худ ба ҳаво бардошта буд. Вой! Чӣ қадр мехостам, ки ӯ модари ман буд ва маро барои парвоз ба кайҳон ҳидоят мекарду роҳнамоям мешуд. Ҳарчанд модари худро низ дӯст доштам. Албатта, фаврӣ тавба мекардам, ки чунин бемеҳриву ношукрие аз ман сар зада. Вақте хоҳарам Гулноз назди падару модарам гуфт, эй кош падару модарам

фурӯшандаи асбоббозиҳои кӯдакон буданд, ман
аз шарми худ шарм доштам. Чун дидам ӯ худро
бебокона ва беҳтар баён мекунад ва тарсе низ
надорад. Бародарам ангушти пояшро оҳиста
кашид, ки ба ӯ ҳолӣ кунад бад гуфтааст. Вале ӯ
ангор нафаҳмида бошад, маъсумона гуфт:
— Чӣ мегӣ?
Ба бародарам ишора кардам, ки раҳо кун. Ба ту
чӣ! Чун мехостам ҷавоби падар ва ё модарамро
бишнавам. Онҳо ҳарду табассуме карданду чизе
нагуфтанд. Гулноз рӯзи баъд соҳиби чанд лухтак
шуд.

Аз худ безор будам. Аз орзуҳои бепоёну аз
пайгир набуданам. Безор будам, ки чиро ин ҳама
орзуҳои хом дар сар мепарварам ва ҳеҷ коре
барои расидан ба онҳо намекунам. Дилам мехост
бидонам, ки Терешково аз куҷо шурӯъ кард. Аз
куҷо сарнахи расидан ба ин касбро пайдо кард,
ки барои ман волотарин касби дунё буд. Дилам
мехост касе бошам, ки модарам, падарам, ҳамаи
хонавода, ҳамаи мардуми тоҷик, ҳамаи мардуми
осиёй, ҳамаи мардуми Шӯравӣ аз вуҷуди ман
ифтихор кунанд. Пои телевизиюн биншинанду
парвози ман ба кайҳони бепоёнро тамошо кунанд
ва аз шодӣ чашмонашон барқ занад. Ва гӯянда
дар муъаррифӣ гӯяд: Шумо шоҳиди як рӯйдоди
торихӣ ҳастед, шоҳиди муваффақияти як духтари
деҳотӣ, ки орзӯ ӯро ба кайҳон расонд!

Аз ин орзӯҳо мекардам ва гоҳе боварам мешуд,
гоҳе рафтори як кайҳоннавардро дар худ медидам.
Аммо ҳоло инҷо рӯ ба ойина нишастаам ва тамоми

нигарониям ин аст, ки ту бифаҳмӣ, ки ман орзуи худро дунбол накардам ва як зани номуваффақу танбале ҳастам, ки рӯзгор ӯро модари ту интихоб карда. Ту дар кайҳони кӯчаки худ ҳанӯз вақт дорӣ бияндешӣ, ки оё мехоҳӣ ман модарат бошам? Мехоҳӣ модари орзуманде мисли ман дошта бошӣ, ки ҳамеша орзуҳояш як ҷой ва худаш ҷойи дигар, то ба ҳол зиндагонӣ карда? Оё мехоҳӣ ин зане, ки дар иҷрои як вазифаи одиву маъмулии ҳар зан, ки зоймон бошад, ин қадр дармондаву тарсу аст?

Ман ҳадди ақал тарс надоштам, вақте худро борҳо ба дарёи таҷрубиёт задам ва худро аз роҳҳои тангу турш ба роҳҳои ҳамвортар расондам. Медонӣ, гоҳе фикр мекунам, ки фазонавард шудам ба маънои маҷозии он. Ҳамин ҳарфхоям магар далели он нест, ки сафаре аз фазои Иттиҳоди Шӯравӣ то фазои дарҳам-барҳами печида ва навпои демукросӣ доштаам? Ҳамин орзуи даврони кӯдакиям мегӯяд, ки ман дунболи раҳой будаам. Раҳой аз ҳар банду қайде. Ту шабеҳи манӣ, медонам, аз ин шӯру беқарориҳоят аён аст, ки дар кайҳони кӯчаки раҳим бар ту хуш намегузарад. Бесабру қарорам! Рӯзгор баъзе қавонин дорад, ки ба ҷуз итоъат роҳи дигаре надорӣ. На ҳамаи қавонинро мешавад шикаст. Бахусус агар қонуни раҳим бошад.

Азизам, аз ин ҷост, ки дӯст дорам духтаре дошта бошам, мехоҳам худро бибинам дар рафтораш, дар кирдораш. Бо ин роҳ ангор бештар ба қадри худу ба қадри азизонам мерасам.

Шояд ин гуна мефаҳмам, ки чӣ касе бароям
чӣ коре карда. На ин ки худ ба худ намефаҳмам,
балки духтаре кӯчаку ноздона кумакам мекунад,
ки эҳсос кунам чӣ касе будаму ҳастам. Се моҳ
аст дандон ба дандон мондаам ба ҳамин хотир.
Вагарна далели дигаре надорам. Ин кӯдакро
барои пирии худ намехоҳам. Семоҳа аст. Даст ба
шикам мекашаму навозишаш мекунам. Вориди
интернет мешавам, то аксашро бибинам. Дуктур,
ки маро намефиристад, то биравам акси ҷигари
кучулуи худро бигирам. Мегӯяд ҳануз кӯчак аст.
Аз таҳаввулоташ дар интернет мехонам. Дар ду
ё се сойт ҳарфҳои шабеҳи ҳам, ки пайдо кардам,
баъд бовар мекунам, ки дар думоҳагӣ кӯдак дар
чӣ шаклу шамоил асту чӣ чизаш тавсеъа ёфта.
Дастҳову поҳояш шабеҳи барги ангур аст. Шабеҳи
барги гул ва ё чанор. Вой, хеле дӯсташ дорам!

Ин эҳсосотро дишаб доштам. Имшаб моҷаро
фарқ карда. Имшаб дарди маро бовар кардаанд
ва ман дастмоли хунолуда дар даст дар хона роҳ
меравам ва мегӯям: Ҳоло ту бовар накун. Чиро
бояд ин дуктурҳои ивазиро бовар кунӣ. Инҳо, ки
се моҳ тӯл кашид, ба дарди ту бовар кунанд.

Ба дастмол нигоҳ мекардам ва ашки чашмонам
пойин медавиду ба муйҳои нозуки суратам банд
мешуд ва хоришам меомаду аъсоб надоштам, то
ба рӯйи дунё нигоҳ кунам. Меҳдӣ ангор батамомӣ
нигоҳ буд. Як нигоҳи бузург ба андозаи лензи
дурбини аккосӣ, ки ба самти ман хира монда буд.
Ҳоло ки барояш лолой мехонам, мегӯянд дигар
зинда нест. Як моҳ аст мурда аст. Бояд берунаш

биёварем. Ҳоло инҷо ба умқи истилоҳи "эй бобо" мерасам. Ин танҳо калимае буд, ки аз забони Меҳдӣ баромад, қабл аз ин ки ба як нигоҳ табдил шавад. Бо он нигоҳ ангор мехоҳад тавонамро бисанҷад. Ангор мехоҳад ин ҳама асрорро аз вуҷуди ман берун кашад.

Клеупотро! Морҳоятро ба сӯи ман бифрист. Ман, ки тамоми ҷавониямро дар оғӯши онҳо ба сар бурдам. Ман, ки худро аз дашти морҳои ту берун кашидам. Ман, ки аз ғурури ту неру гирифтам ва по ба пойи ту аз марзи далериҳои ту гузаштам. Падар маро сари зону менишонд ва мегуфт, обрӯву ифтихори манӣ. Ман бо гардани борик лабханди шодиро мекашидам ба ду рухсорам. Дастони лоғар ва дарозамро мушт мекардам ва бо шеваи Клеупотро мегузоштам рӯи ду зонуи худ. Модарам маро Шаҳаншоҳ садо мекард. Падар Клеупотро. Ман бо ҳеч кадом аз ин ду калима ошно набудам. Баъдҳо фаҳмидам, ки Клеупотро ифтихору шукӯҳи падари худ Птоломеи Дувоздаҳум буд. Аз охирин фиръавнҳои Миср. Тағоям мегуфт мувозиби ному лақабгузории бачаҳо бошед. Мегуфт, ба ман Қурбон ном гузоштанд ва қурбонӣ шудам. Манзурашро ҳама мефаҳмидем. Омада буд каме дил холӣ кунаду бигӯяд, ки ҳама давру бараш танбаланду кор намекунанд ва ҳамеша дасташон ба сӯи ӯ дароз аст. Хаста шуда, бояд ба худу бачаҳои худ бирасад. Падар сукут кард, чун намехост ва ё шояд наметавонист бореро аз дӯши ӯ бигирад.

Дӯши худи ӯ низ наздик ба шикастан буд. Ҳам

падар ва ҳам тағоям аз сарони маҳал буданд ва
бояд саҳми арзандае дар ҳар арӯсӣ ва ё маросими
маргу хоксупорӣ мегузоштанд. Ин расми мо
тоҷикон аст. Доро ҳамеша дастгири нодор аст дар
замони ниёз. Тағоям Қурбон қурбонӣ шуд. Вақте
мурд, ман дигар дар Самарқанд набудам. Мегӯянд
рӯзи хоксупорияш ҷой барои пой гузоштан
набуд, аммо вақте мариз буду муҳтоҷ, на дуктуре
ба додаш расид ва на касе, то ӯро ба шифохона
бирасонад. Ҳарчанд ӯ худ ҳеч вақт назди пизишк
намерафт.

Бале, ман самарқандиям. Меҳдӣ машҳадӣ.
Баъзе эрониён маро ҳамхуну ҳамзабон медонанду
баъзеҳояшон "хориҷӣ". Ман то ҳол ба умқи ин
тафовути бузурги як миллат нарасидаам. Ҳатман
далоили хоссе дорад. Шояд базудӣ пайдо кунам.
Аммо хориҷӣ будан ҳам бад нест. Вақте маълум
нест ва ё ҳадду худуди фарҳанг ва ҳатто ҷуғрофиёи
ватани худро гум мекунӣ, фикр мекунӣ, ки хориҷи
ҳастӣ.

Ба утоқи хоб мераваму дароз мекашам. Самти
ростам ойинаи бузургест, ба он нигоҳ мекунам.
Рӯи тахти хоб зани ҷавоне хобида бо либоси сабук
ва даст бар шиками баромадаи худ мекашад.
Чашмонаш пур аз орзуст, ҳарчанд зери чашмонаш
нишон аз хастагиву афсурдагӣ дорад. Зани ҷавон
бо касе суҳбат мекунад. Аммо дар утоқ танҳост.
Ин манам аз зовияи диди Меҳдӣ. Мане, ки бо
ҷанини семоҳаи худ ҳарф мезадам:

– Дар Амстердам ба сар мебарам. Шавҳарам
эронист. Дуктурам эронист. Устоди ронандагиям

эронист. Мудирам эронист. Тамоми дӯстони хубам эронӣ ҳастанд, аммо ҳеч вақт Эрон набудаам. Тамоми талошам бар ин аст, ки забону хатти арабиро ёд бигирам. Албатта, инро ба худашон набояд гуфт, чун муътақиданд, ки ин хат форсӣ аст. Вале ту ёдат бошад, ки хатти порсиён паҳлавӣ ва меҳӣ буд ва хатти арабиро хеле дертар қабул карданд. Ин хат кумак хоҳад кард, ки Қуръонро бихонӣ. Аммо ман ҳанӯз нафаҳмидам, ки чиро як "з"-и бечораи форсиро бояд дар чанд шакли мутафовит бинвисам.

Ту дар ин ҷиҳат бояд талош кунӣ, ки шабеҳи падари худ бошӣ ва ин хатро бадурустӣ, ҳамон тавр ки мардуми форсизабон навиштанду омӯхтанд, ёд бигирӣ. Мисли ман чуну чиро накунӣ. Чизҳое ҳаст, ки қаблан, дар замонҳои пеш, касоне барои мо тасмим гирифтаанд ва мо бояд онҳоро то ҳадди имкон риъоят кунем. Инҳо маҷмӯъи қавонинеанд, ки расму одати мардум ва миллатеро шакл медиҳанд. Ҳеч қавонинро нашикан, магар ин ки ҷойгузини беҳтаре барояш пайдо карда бошӣ. Вале бовар кун, сахт аст. Мисли худи ишқу озодӣ сахт, ширин, зебо.

Бибин! Азизам, ман эрониёнро бисёр дӯст дорам, чун ҳамфарҳангу ҳамхуни ману туанд. Вале баъзе авқот эҳсос мекунам, ки тафовутҳое байни мо тоҷикону эрониён аст. Дӯст дорам ту ин тафовутро эҳсос накунӣ. Медонӣ, вақте аз дасти дуктури эронӣ асабонӣ будам, наметавонистам аз ӯ шикоят кунам. Чун эронӣ буд ва эрондӯстӣ ба ман иҷоза намедод. Бо худ фикр кардам, ки кош ҳадди ақал араб мебуд, ё турк ё ҳуландӣ, ки гардашро ба бод медодам. Аммо эронӣ аст. Хушҳарф ва ҳамхуни мани порсигӯ. Магар бар мардуми худ метавонам ханҷар бизанам? На. Ҳатман даҳ баробари мардуми ҳуландӣ заҳмат кашида, то худро ба ин ҷо расондааст. Албатта, дуктури эронӣ доштан бароям баъзе хубиҳо ҳам дорад. Ҳадди ақал истилоҳҳоеро аз ӯ ёд гирифтам. Мисли "юбусат". Агар дуктурам хориҷӣ мебуд, ҳатман инглисӣ суҳбат мекардам ва ман ҳеҷ вақт намефаҳмидам, ки юбусат ба форсӣ, яъне чӣ. Ин маризии роиҷ аст байни занони бордор ва ман ҳам гоҳе ба он мубтало мешавам. Намехоҳам бо ин ҳарфхо туро зуд аз ҳамаи гирифториҳои зиндагӣ бохабар кунам. Вале даврони кӯдакӣ беҳтарин даврони умри одамизод аст. Аз он дуруст бояд истифода кунӣ. Ман кумакат хоҳам кард. Чун ман ҳамеша эҳсоси кӯдакии худро дубора пайдо мекунам, вақте бо кӯдаке рӯбарӯ мешавам. Кӯдаквор бозӣ карданро дӯст дорам.

Падарам маро хуб дарк мекард. Мегуфт, ту айни ҷавониҳои манӣ. Борҳо ба ӯ гуфтаам аз роҳе хоҳам рафт, ки нақши қадами ту дар он набошад. Механдиду такрор ба такрор мегуфт, ҳамеша дар ҷустуҷӯи тағйирот бош, аммо замоне ҷилав бирав, ки роҳҳои баргаштро боз дошта бошӣ. Оре, шоҳмотбози қаҳҳоре буд ва ба ҳамаи аъзои хонавода омӯхта буд. Хонаводаи Назаровҳо ба шоҳмотбозӣ маъруфанд ва мо ҳама то ёздаҳсолагӣ ин бозиро ба унвони мероси аҷдодӣ фаро гирифта будем.

Аз падарам гурӯҳи хун, китобхонӣ ва шоҳмотбозиро ба мерос гирифтаам. Албатта, падарам вақте дар синни шасту сесолагӣ Қуръонро аз бар кард ва аз ҳизби кумунист ноумед шуд, талош кард чанд сураи Қуръонро низ ба ман ёд диҳад. Гуфтам ҳанӯз то шасту сесолагӣ хеле монда, бигзоред ба корҳое бирасам, ки таърихи масраф доранд. Он вақт бист сол бештар надоштам.

Ҳамеша гирифтори корҳои нотамому беохир будам. Ҳамеша дар кашфи дару дарвозаҳои ҷадид ва гум кардан будам. Зиндагониям ангор хобе беш набуд, қабл аз ин ки обистан шавам. Ангор аз зерзамини моҷароҳои Алис, қаҳрамони Луис Корул берун омадам ва ранги воқеъии осмонро дидам. Бори аввал дар сандалии сари роҳ, канори дари хона нишастам ва раҳгузаронро тамошо кардам. Бидуни аҷала. Инсон барои чӣ зинда аст, агар ҳатто байни ишқварзӣ ба соъат нигоҳ кунад? Сарипо субҳона бихӯрад? Ба сандалии нарми хонааш ба унвони як чизи зинатӣ бархӯрд кунад? Барои чист ин ҳама давидан? Агар наёмӯхта бошем, ки барои худ зиндагонӣ кунем, пас чигуна бифаҳмем, ки ниёзи дигарон чист, то дасти ёрӣ дароз кунем? Бисёр мехостам ҳуқуқи зану кӯдак бихонам, аммо эҳсос мекардам, ки бидуни ин ки эҳсоси воқеъии зану кӯдакро дар худ эҳсос карда бошӣ, чӣ гуна метавонӣ ба ниёзҳои онҳо расидагӣ кунӣ? Хандаам меояд, вақте занеро мебинам, ки дар ҳимоят аз ҳуқуқи зан фидокорӣ мекунад, аммо худ аз издивоҷ ё бачадорӣ дар ҳарос асту

гурезон. Ангор бидуни дарс хондан мехоҳад
имтиҳон диҳад. Рӯшанфикроне, ки аз хонадорӣ
дар гурезанд, аммо дар ҳоли фаъолиятҳои
пурдавоми фарҳангӣ умре сипарӣ кардаанд, маро
ба ёди харгӯше меандозанд, ки ҳамеша Алис дар
зерзамини аҷоиби худ медид. Ҳамеша дар ҳоли
давидану фирор ва тарс аз маликаи коғазӣ.

Тифле, ки дар батни ман шакл мегирифт,
тамоми ин варақҳои эҳтимолиро боз карда буд,
ки дар андешаҳои худ барои лаҳзаи ниҳой нигаҳ
дошта будам. Боз кардаму дидам, ки ҳама ҳечанд.
Ғалабае дар кор нест. Инсоне ғолиб аст, ки худро
байни ин ҳама даргириҳо ба сафои рӯҳӣ расонда
бошад. Ҳеч вақт аз рӯзгор ва умр қонеъ нахоҳам
буд, ҳеч вақт аз фаъъолияти худ қаноъатманд
нахоҳам буд ва барои ҳамеша ҷавон нахоҳам монд.
Ҳеч вақт ҳам наметавонам касеро, ки мехоҳам ва
дӯст дорам, барои ҳамеша канори худ нигаҳ дорам.
Ҳеч манзиле барои ҳамеша гӯшаи дилписанд
нахоҳад буд. Бо ин таваққуъе, ки аз умр дорем,
беҳтарин ҷойи хоб рӯи хок ва беҳтарин сарпаноҳ
осмон аст. Вале танҳо орзуи пинҳону вопасини
мо шояд ин аст, ки лаҳзаи марг касе канорамон
бошад, ки забон ва ҳарфи диламонро бифаҳмад.
Лохутӣ ба ин орзуи худ нарасид. Парасторе,
ки аз ӯ нигаҳдорӣ мекард, ҳарфҳои охирини ин
шоъири маҳбуб ва пуртарафдорро нафаҳмид, ба
ҷуз такрори калимаи ошнои: Эрон... Эрон. Шояд
мехост бигӯяд, кош дар Эрон ба хокам биспоред.
Чӣ касе медонад? Беҳуда аст, ки мегӯянд вақте
мурдӣ, чӣ бок, ки чӣ ояд ба сари ҷисми беҷон!

Инсон сиёсатро барои тамрини ақл ва ё санҷиши тавони худ мехоҳад, тиҷоратро барои ҷайб, ҳунарро барои шуҳрат, хонаводаро барои фирор аз танҳой, фарзандро барои ҳамаи инҳо. Аммо шунидаам, ки мегуфтанд, занон кӯдакро барои нигаҳ доштани мардашон мехоҳанд. Аммо ин аз зовияи диди мардон аст. Аз зовияи диди занонаи худ бигӯям, ки зан замоне обистан мешавад, ки эҳсоси амният дошта бошад.

Шояд аз ин ҷост, ки занони таҳсилкарда эҳсоси амнияти камтаре доранд. Меҳдӣ мегӯяд, занон замоне ки бачадор мешаванд, ҳадди ақал ду сол коре ба кори мардашон надоранд. Ман мегӯям, занон вақте тасмим мегиранд бачадор шаванд, ки дигар коре ба кори мардашон надоранд.

Шикамат боло омада. Пас маълум аст, ки ҳама чиз хуб пеш меравад.

– Вале оқои дуктур, барои шаш ҳафта зиёдӣ бузург нест?

– Мегӯянд, занони ҳомилаи болои сӣ сол бояд муроқибати бештаре дошта бошанд. Ту мувозиби худат бош. Бача ҷояш амн аст. Чиро беҳуда нигаронӣ?

– Нигарон? Аз дард хаста шудаам, безор шудаам.

Пушти компютер менишинам, ки бибинам занони дигар чӣ мекашанд. Кош модарам инҷо буд. Интернет бо ин ҳама сойтҳои ихтисосӣ ва мутахассисони фаровонаш ҳеҷ гоҳ наметавонад ҷойи холии модару модарбузургро бигирад.

– Меҳдӣ, бибин ин хонум шашмоҳа бордор аст

ва шикамаш кӯчактар аз моли ман.

Бо шӯхӣ байти "Шоҳнома"-ро дар бораи Сухроб мехонад.

– Чун яксола буд, ҳамчу сесола буд!

Даст бар пистонҳои варамкардаи худ мебарам ва фикр мекунам, ки ба чӣ касе шир хоҳам дод. Ба Сухробе ё ба Гурдофариде?

Зиндагӣ пур аз нишонаҳост. Ҳеҷ вақт ба ин бовар надоштам, то замоне ки ин хонаро иҷора гирифтем. Соҳибхона марди ҳафтодсолаи хуландӣ аст, ки бо дӯстписари ҷавони худ зиндагӣ мекунад.

Вақте вориди ин хона шудам, муҷассамаи асби сурхро дидам, рӯйи ойинаи бузург, бо ду пойи пеш ба ҳаво баланд, дар ҳоли давидан аст. Ҳатто чашмони барроқаш зинда ба назар мерасид. Асби сурх буд, сурх мисли хун. Зине сиёҳ бар камараш маҳкам баста буд.

Ҳамранг бо думи сиёҳаш, ки ҳама бо локи барроқ пӯшида буд. Муҷассама ҳудуди якним-ду метр қад дошт. Бо диққат тамошо кардам. Аз рӯи зинаҳо, аз роҳрав, аз пушт, аз ҷилав. Аз ҳар самте, ки метавонистам, ба ин муҷассама нигоҳ кардам. Асроре дар ин муҷассамаҳо ҳаст, ки намедонам. Чиро асб? Кош соҳибхона аҳли ҳарф буд ва аз ӯ мепурсидам, ки чиро асб? Чиро ин ҳама асб? Як асби сиёҳе ҳам дар роҳрави байни табақаи аввалу дувум овезон буд бо ҳамин қадду шева. Танҳо рангаш сиёҳ. Бо ҳамон ҳолати асби аввалӣ, аммо овезон ба девор. Канори дари вурудии опортумон низ як асби сафед истода бо ҳамон виқору ҳолати он ду асби дигар. Хона бисёр босафост ва шаҳомати асбгунае дар дару панҷараҳояш пайдост. Деворҳои сарбаланду мубли сафед. Шаҳомати сарди сангҳои мармар ба утоқ ҷаззобияти аҷибе дода буд. Панҷараҳое, ки ба андозаи дарҳои вурудӣ баланду дилгушоянд, қоби дарахтони хиёбон буданд.

Муҷассамаи дигаре аз асб рӯи нимдевори байни ошпазхона ва ниишемаш рӯ ба панҷараҳо истода буд. Аз санги мармар. Хонаву утоқ пур буд аз рӯҳи асб ва рӯҳияи асбдӯстии соҳибхона. Кулексиюни асбҳои сангӣ, намедонам чӣ таъсир бар ман дошт, ба ҷуз ин ки ба ёди асбҳои зинда ва гарм биюфтам ва асбсвориҳои худро дар даврони кӯдакӣ, ки бо тарсу ваҳм ба ёлҳои асби падар мечасбидаму пой ба шикамаш мезадам, ки тундтар, тундтар бидав!

Падарам ошиқи асб буд ва ӯ буд, ки бори аввал дар маҳалламон асб харид ва ҳама ба тамошояш омаданд. Асб дар ҳавлии кӯчаки мо танҳой мекашид.

Обӣ ва тираранг буд. Хокистариранг. Бори аввал бо тарс аввал ба ёлҳояш даст кашидам ва бо кумаки падар савораш шудам. Нерӯе, ки инсон аз асбсворӣ мегирад, шабеҳи парвоз аст. Ба худ фикр мекунам чиро дар рӯзгори ман ин ҳама асб дида мешуд? Модар асб наққошӣ мекард, падар ошиқи асб буд ва исми маъшуқи худро бар он гузошта буд: Муяссара. Дишаб орзу мекардам кош ин тифли ман наққош шавад. Наққош мисли модарам, мисли хоҳарам, мисли Ван Гуг. Ван Гуг ҳам ошиқи асб буд ва дар музеи ӯ муҷассамаи асби сафед бо ҳамон шаҳомати чаҳор аср қабли худ пой бар синаи шаби торик муъаллақ истодааст.

Падарам мегуфт Муяссара, яъне асби дӯстдошташ, ба ӯ мехрубонтар аз модарам буда. Ман даркаш намекарам. Фикр мекардам мехоҳад модарамро азият кунад. Мегуфт, танҳо мавҷуде, ки аз дидани ман аз таҳи дил шод мешавад, Муяссара аст. Модарам мегуфт, ки Хайбар, сагамон, вафодортар аз падарам аст. Ман ҳеҷ кадоми ин ҳарфҳоро ҷиддӣ намегирифтам. Аммо ҳоло мефаҳмам эҳсоси ин чаҳор ошиқи ҳамро. Ишқ мовароӣ ҷисм ва шаклу шамоил аст. Ишқ дунёи маҷозии мост, ки муддате дар он ғалт мезанем.

Дастони худро ба ду тараф боз мекунам. Дар саҳрои сабзи кӯдакӣ асбсаворӣ мекунам, то ту ҳам бо рӯҳи асб ошно шавӣ. То битавонӣ ту ҳам бо шаҳомати асбгуна ишқ варзӣ ва ошиқиро аз ҷаҳони барномарезишудаи шаҳр берун кашӣ. Бо чанд муҷассамаи сангӣ қаноъат накунӣ. Дар домани табиъат бо демукросии сабзаҳо ҳам ошно шавӣ.

Аммо он шаб боз хоб дидам, ки пиёну менавозам. Субҳи зуд дари дафтарро боз карда будам ва дар хилвати тамом пиёну менавохтам ва орзу мекардам, ки кош касе ба ман мегуфт, ки чӣ қитъаеро иҷро мекунам. Оё ҳирфай иҷро мекунам? Ман ки ҳеҷ вақт дарси пиёну нагирифтаам. Оҳанги зебое бо ҳаракоти ангуштонам дар утоқ болову пойин мерафт ва ман гӯё дар дашти пур аз гулҳои офтобгардон парвоз мекардам. Ангор тифле, ки дар батни ман буд, маро роҳнамоӣ

мекард ва ангуштонамро аз ихтиёри ман рабуда
буд. Субҳ, ки аз хоб бедор шудам, эҳсос кардам,
ки садои пиёнуро дӯст дорад. Ангор балад буд,
ангор бо мусиқӣ ҳарф мезад. Мегӯянд кӯдак бо
исми худ ба дунё меояд. Ман исме барояш ҳанӯз
интихоб накардаам. Исми муносибе барояш
надорам. Ҳамчунон ки гӯшаи муносибе барояш
омода накардаам. Ангор дар миёни дашти фарохи
Осиёи Миёна дасти танҳо бо тифле дар батн қадам
мезадам ва ҳар чӣ аз рӯзгори гузаштаву оянда
доштам, ҳамин тифл буд. Ҳамин тифл буд, ки ба
наҷоти ман расида буд. Ҳеч вақт ёд нагирифтам
барои худ зиндагонӣ кунам. Бо ин ҳама омодагӣ
барои тағйирот, барои рӯзу рӯзгори ҷадид, ман
ҳеч вақт дӯст надоштам дар гӯшае решаи худро
дар об бигзорам. Аз ин утоқ низ хастаам. Ҳоло
ки дигар кӯдаке дар батн нест ва ман дасти холӣ
аз роҳ баргаштаам ба рӯзгори маъмулии худ, ду
муҷассамаи кӯчаки асберо мебинам, ки маро
ба ёди асбҳои сарлашкарони маъруфи қарни
ҳаждаҳуми рус Суворов ва Кутузов меандозад.
Ангор миёни хун ва қурбониҳову захмиҳо ба чапу
рост алвонҷ хӯрдани думҳои сиёҳ, сафед, сурх ва
бодомии асбҳои хаста танҳо нишона аз сулҳ аст
дар майдони ҷанг.

Кутузов дар ҷанг бо нопулеуниҳо шикаст
мехӯрад, аммо Суворов дар ҷанги Русия бо туркон
пирӯз мешавад ва ҳарду ошиқи асби худ буданд.
Ангор асб барояшон танҳо зебоии дунёи хашину
хунбори ҷанг буд. Ангор вафодорӣ ба асби худ
эҳсоси гуноҳу ваҳшониятро аз дилҳояшон дур

мекард. Манзурамро замоне мефаҳмед, ки ба чашмони асбе хира шуда бошед. Он ду чашмони кашида ва саршор аз меҳру муҳаббати Муяссара аз ёдам намеравад. Чашмоне, ки ангор даричаи дунёи сабзе буд. Дилам мехост бидонам чист пушти он мижгонҳои тар? Чӣ достоне дорад ин мавҷуди вафодор? Чӣ озорҳо ва чӣ ишқҳоеро пушти оп пардаҳои сукут пинҳон карда? Рахш ниме аз Рустам буд барои мани кӯдак, вақте Шоҳнома дар даст ашк мерехтам ва дар сӯги Рахш мотам гирифта будам. Рустами худбинро носазо мегуфтам ки чиро ба шиҳаҳои ихтори Рахши ҳушманд таваҷҷуҳ накард ва мусабаби нобудии худ ва ҳам ин мавҷуди беҳамто шуд?

Ҳеҷ вақт ба ин ду муҷассама бо ин диққат нигоҳ накарда будам. Аз рӯйи мубл бо сари афканда. Гӯё сарбозе будам бо чашмони тангу сурх, аз хуни рехтаи азизе, нишастаам. Зиндагониро бояд аз ҷое шурӯъ кард. Аммо барои ин ки дубора кашф кунам, ки куҷои ин зиндагонӣ муҳим аст, вақт мехоҳад. Вақт мехоҳад, ки ба ёд биёварам се моҳ қабл зиндагонии ман дар чӣ ҳолу ҳавое буд. Орзӯ ва талошҳои қаблии ман чӣ буд?

Муҷассамаи асби сафед бо ёлҳои обӣ рӯи миз истодааст. Ангор Рахши Рустам аст, сар ба зер аз дарди ҷароҳат. Ҳоло медонам чиро ин соҳибхонаи пир, ки ҳеҷ фарзанде надорад, ин ҳама муҷассамаи асб давру бари худ ҷамъ карда. Дирӯз аз дар, ки ворид шудам, дидам як муҷассамаи асби дигаре оварда. Ҳикмати ин рафтори ӯро дар гузаштҳои дур мебинам. Мо чизе ҷуз пайванди гузашта бо оянда нестем. Ин мафосилро маҳкамтар бояд кард, ончунон ки бори гузаштаро бикашад ва аз селоби оянда нашканад.

Ҳеч вақт диққат кардаед, ки чеҳраи кӯдакон шабеҳи санҷоб аст? Ман инро бори аввал дар Ландан мутаваҷҷеҳ шудам. Вақте санҷоби пуррӯе бо суръат омаду рӯбарӯи ман истод ва ба чашмонам нигарист. Сондвиҷи дастамро мехост имтиҳон кунад. Онҷо дидам, ки чӣ қадр ҳам чеҳра ва ҳам рафторашон шабеҳи кӯдакони кишвари ман аст. Дар Ландан буд, ки бори аввал санҷобу рӯбохро дидам. Дар маркази шаҳр ва бештар дар боғҳои шаҳр то ним метр ба кас наздик меоянд ва ба чашмони тараф нигоҳ мекунанд. Шабҳо рӯбоҳҳои гуруснаро мебинӣ ва рӯзона санҷобҳои хушадорро, ки ангор кӯдакеро дида бошӣ, дилшод мешавӣ. Модари модарам аз рӯбох безор буд ва мегуфт ҳамеша чӯбе зери тахти хоби худ пинҳон мекарда, то агар рӯбоҳе ба деҳкада омад, ҷони ду мурғи худро аз дасти он наҷот диҳад. Санҷобҳоро низ дӯст надошт. Мегуфт, чормағзҳояшро мехӯрданд. Ман ҳамеша бо ин ду ошиқона бархӯрд кардаам. Мехостам пеш аз ҳама дар ин мавзӯъ филми мустанаде бисозам, барои пружаи солонаи донишгоҳам, ва дурбин ба даст, субҳи зуд аз хона берун омадам. Се дақиқа филми кӯтоҳ роҷеъ ба санҷобҳои шаҳри Ландан сахттарин мавзуъе буд, ки то ба он рӯз ба сохтанаш даст зада будам. Ман ошиқи ин мавҷуди зебо будам, аммо шаҳрдории Ландан аз онҳо безор буд, бо ҳамон далели модарбузург.

Санҷобҳо решаҳои дарахтро ҳам мехӯранд. Ман дар боғҳои шаҳр қадам мезадам ва дар васфи санҷоб шеър мегуфтаму филм мебардоштам.

Рӯзи тираву тори тирамоҳ буд. Дурбин дар даст ба сӯрохи дарахте, ки санҷоби ошное онҷо ба сар мебурд, хира мондам. Дар қоби дурбин баргҳои зарди дарахти чанор меларзид. Ранги зарди рӯшан. Модарам пероҳане ба ин ранг дошт ва бисёр зебо буд. Ҳар вақт онро бар тан мекард, ҷавон мешуд. Падарам рашк мекард ва аз он пироҳани модар хушаш намеомад. Мегуфт зерлибосат пайдост. Модар либосҳои тӯрӣ, ки зерлибосаш пайдо мешуд, зиёд дошт. Падар мухолифи ин либоси модар буд. Санҷоб аз сӯрох ҷаҳиду ман аз ҷой.

Санҷоби хокистарӣ буд ва каме зардтоб, бо чашмони шӯху ҳаросон ба чаҳор сӯ нигоҳ мекард. Бо шаст аз ман дур шуд ва аз назар пинҳон. Ман ҳадди ақал як намои аз сӯрох берун омаданашро филм гирифтам. Ҳоло бояд мунтазир бимонам, ки баргардад. Санҷоб бо ду лунҷи пур аз гирду аз боғ баргашт ва дами сӯрох истоду ба ман нигоҳ кард.

Чӣ мехоҳӣ? – Дақиқан бо ҳамин маъно ба ман нигоҳ кард ва ман ёди хоҳари кӯчакам Гулноз афтодам, ки ҳамеша вақте гумаш мекардам, аз ҷӯйбори лойолуди хонаи амма, ки ҳамсоямон буд, пайдо мешуд. Дӯст дошт гирдуҳои пайдо кардаашро пинҳон кунад ва ба даҳонаш меандохт. Ман ӯро санҷоб мегуфтам. Бо он ду дандони чилави даҳонаш танҳо шабеҳи санҷоб буд, на чизи дигаре. Ҳамеша ин маъсумияташро дӯст доштам.

Бо гарду хоки либос ва гили сару сураташ ба оғӯш мекашидамаш ва сару рӯяшро мебӯсидам. Санҷоби ман! Дӯстат дорам! Модар бисёр хаста мешуд, вақте мехост Гулнозро шир диҳад, ба паҳлӯ мехобид ва пистонашро берун мекашид. Даст бар шиками худ мебарам.

Санҷоб рафта буду дар шоххои дигар меҷаҳид ва дастонашро ба баргҳои дарахтон дароз мекард. Оҳ! Чигуна мешавад ба ин мавҷуди зебову дилнишин кумак кард? Вақте инро ба ҳамклосиям Эйбикэ мегӯям, аз ханда рӯдакан мешавад ва мегӯяд занг бизанем ба шаҳрдорӣ, биёянд туро бибаранд зиндон, ба ҷурми садама задан ба муҳити зист. Ман абрӯҳоямро ба ҳам мекашам.

Модар доманашро бо як дасташ гирифт ва ба бод додани худ шурӯъ кард. Санҷоб канораш хобида буд. Худро паҳлӯи ҳарду андохтам ва сарамро ба гарданаш гузоштам. Моро аз худ дур кард. Гарм аст, хеле гарм. Дур равед, нафасам банд омад. Боз хоби бад дидам. Соъат чанд аст? Рост мегуфт. Гармаш буд. Сураташ аз арақ тар буд. Соъат ҳафти баъд аз зуҳр. Аз баданаш бӯи арақи тоза меомад. Ҳамеша фикр мекардам, бӯйи баданаш шабеҳи чизест бисёр азиз. Масалан зиндагонӣ. Хонавода. Навзод. Чизе шабеҳи инхо. Панҷараҳоро ҳам боз кун, духтар, нафасам гашт. Худоё, чӣ вақти хоб рафтан буд. Гуфтам ин бачаро ором кунам, соъате мағзи сари ҳамсояҳо ором гирад. Худам ҳам хобам бурд. Пистонашро даруни пироҳанаш мекашад, модар ва як қатра шир рӯи дастонам меафтад. Дастамро ба димоғам наздик меорам, то бӯй кашам, вале бо кароҳат ба пероҳанам мемолам. Дувоздаҳ солам буд. Намедонам аз сарам чӣ мегузашт. Ҳоло даст бар пистонҳои варамкардаи худ мебарам ва ёди он даҳони кӯчак, ки базудӣ аз он шир хоҳад хӯрд. Хиёли худро рангин мекунам. Зиндагонӣ зебост!

– Фарзандро барои чӣ мехоҳӣ?, – ин суоли ҳамешагии дӯстони ман аст. – Ту ки гуфтӣ ҳеч вақт фарзанддор намешавӣ ва агар ҳам дилат барои як кӯдак доғ шавад, тифлеро ба фарзандӣ хоҳӣ гирифт.

Ин буд фикру рӯзгорам, то замоне ки эҳсос кардам, ки дӯст дорам худам бошам. Оне ки табиъат аз ман интизор дорад. Ҳамчунон ки аз бакорат хаста шудам, аз бефарзандӣ ҳам гоҳе парешонам. Охир чаро? Далеле дорад? Оре, дорад. Мехоҳам канорам бихобад. Мехоҳам канораш бихобам ва пистонҳои худро ба даҳонаш бигзорам. Мехоҳам бибинам, ки шири модар, яъне чӣ. Мехоҳам набзашро дар батни худ ва ҷисми худ эҳсос кунам. Мехоҳам як зани воқеъӣ бошам. Як зани комил. Мехоҳам бибинам, ки зиндагонии як инсон аз куҷо шурӯъ мешавад ва ниёзи воқеъӣ, яъне чӣ. Кӣ гуфт, ки зани комил ҳатман бояд модар бошад? Бо эътироз мегӯяд Озода ва финҷони чойро бо асал ба ҳам мезанад ва талош мекунад сарамро аз болин бардорад, то битавонам аз он бихӯрам. Ман. Ин ҳарфи ту мисли ин аст, ки гуфта бошӣ, марди комил ва ё воқеъӣ он аст, ки издивоҷ карда бошад. Таъми чой дар даҳонам гашт мезанад ва ширинии рӯзгор ба ёдам мерасад ва лаззатҳои дигари зан будан. Марди воқеъй он аст, ки аз ҳамоғушии зане лаззат бурда бошад, бидуни тарсу фикр аз оқибати он. Медонй, чй мегӯям. Модар шудан бидуни ин ки фикр кунй куҷо мехоҳам бихобонам ин тифли пой дар роҳро, бидуни ин ки фикр кунй ба кадом мадраса хоҳад рафт? Бо чй касоне дӯст хоҳад шуд? Бояд зан шуд, модар шуд, инсон шуд, пир шуд ва гӯшагир. Ман ҳеч инсони пиреро дӯст надорам, магар ин ки бӯи устухонаш бароям ошно бошад ва ё аз қиссаҳои ширини ҷавонияш шунида бошам. Ин як воқеъияти зишт аст, ки иқрор мекунам.

Гулҳоро аз миён қатъ мекунам ва ба сатли ошғол меандозам. Ба ман чй, ки замоне тару тоза ва хушбӯ будаед. Ба ман чй, ки ҳама рӯзҳои хуши худро бо ман тақсим кардаед. Ба ман чй? Мо ҳамаи инсонҳои худхоҳ ва дасту чашмтанге ҳастем, ки ҳатто дарро ба рӯйи як инсони кӯчак ва зебо боз намекунем. Инсоне, ки дар орзӯи пиёда шудан рӯйи замин дар сохтмони бадани мо мунтазир мондааст. Мо аз тарси аз даст додани хилвати берахвати худ дарро бар рӯйи касе боз намекунем, магар ин ки мутмаин бошем, ки музоҳими оромиши мо нахоҳад буд. Мо ғуломони одоти худ ҳастем ва аз шикастани он сахт метарсем. Мо аз доштани утоқи кӯчак бо рангҳои рӯшани чун офтоб метарсем. Мо аз дастовардҳои худ метарсем ва дастҳоямонро мешӯем аз ҳар талоше барои тағйир. Мо аз ҳамин ки ҳастем, розй ҳастем, дар ҳоле ки мудом менолему менолем, ки замоне рӯзгоре доштем дилнишин. Модар шудан поёни ин ҳалқаи такрори инсоният ва фарсаҳҳо наздик шудан ба ахлоқи осмонӣ аст. Ахлоқи бахшидану раҳо кардан, ахлоқи офариниш ва эҳё. Ахлоқе густардатар аз мафхуми донишгоҳ ва сиёсат. Ахлоқе, ки даст бо замин ва шона бо осмон медиҳад.

Навъе маризӣ вуҷуд дорад, ки ба он «Синдроми Стокҳолм» мегӯянд. Хеле вақт аст, ки ба ин маризӣ фикр мекунам. Ба назарам решаи ҳамаи ақибмондагиҳо аз ин маризӣ аст. Мегӯянд бештар байни занон дида мешавад. Бештарин мавориди онро дар кишварҳои ҷаҳони севум дидаам. Агар бихоҳӣ, ки онро дар як ҷумла тавзеҳ бидиҳам, ин тавр хоҳад буд: Вақте мазлум ошиқ ва ё вобастаи золим мешавад ва ё дилбастаи таҷовузгари худ аст, ба Синдроми Стокҳолм дучор аст. Ин маризӣ дар соли 1973 бо ин унвон пазируфта шуд, чун ба ҳодисае дар ҳамон шаҳр бармегашт. Яке аз бонкҳои шаҳри Стокҳолм ба муҳосираи чанд тан аз дуздон даромад ва дар ин даргирӣ чанд корманди зани ин бонк ба гаравгон гирифта шуданд. Вақте даргирӣ ба поён расид, кормандони бонк ҳеҷ кадом ҳозир нашуданд алайҳи дуздон шаҳодат диҳанд ва ҳатто баъдан баъзе аз онҳо бо дуздон равобити дӯстона пайдо карданд ва ду тан аз онҳо бо ҳам издивоҷ карданд. Торихи башарият аз ин ҳодисаҳо зиёд доштааст. Дур намеравам ҳамин "Шоҳнома"-и азизи худамон бо он симои зебои Гурдофарид, ки омада буд бо Сухроб биҷангад, аммо ба ӯ дил баст.

Дарвоза, ки тақ мекард, модар бушқоби дасташ

меафтод. Оҳ. Медонист, ки падарам асабонӣ ба хона ворид шудааст. Бо худ фикр мекард шояд ба ӯ гуфтаанд, ки ҳафтаи гузашта дар арӯсии ҳамсоя овоз хондааст ва ё шояд ин ки рафта буда назди марди наққоши рус, ки мудом маст буд, нақошӣ ёд гирад. Падар ин дуро барояш мамнӯъ карда буд. Модар мегуфт, чун мамнӯъ карда, бештар хоҳам рафт. Падар мегуфт, агар фаҳмидам рафтай, саратро аз танат ҷудо мекунам. Модар мегуфт, чӣ беҳтар! Аз дасти туи золим наҷот пайдо мекунам. Аммо мо, ки медонистем, ҳеч вақт намехост аз дасти ин золиме, ки ошиқаш буд, наҷот пайдо кунад. Оре, намехост. Вақте ҳам ин золим аз кор дер бармегашт, даҳ бор сари роҳаш мерафт ва баҳонааш ин буд, ки кай ин мард меояд, то ба бачаҳо ғазо диҳам, охир хуб нест танҳо сари дастархон бинишинад. Мерафт сари пули пушти дарвоза меистод, то падар биёяд. Баъзан аз дур медид, ки падар маст аст, намедонам чӣ тавр, аммо ташхис медод. Аз як килуметр ташхис медод, ки падар маст аст ва мерафту зери бағалашро мегирифт, то наафтад. Ин тавр мехост ба тамоми мардуми маҳал бирасонад, ки дӯсташ дорад. Аммо медонист, ки падар душмани рушди ӯ буд. Душмани истеъдоди ӯ буд. Аз овоз хонданаш то бо наққошӣ карданаш ва ҳатто китоб хонданаш мухолифат мекард. Модар, аммо муқовимат мекард. Бо оромиш ва дар рӯзу замони худ. Ҳамеша мегуфт, сабр кун, Худо ин ҳама бозиро баръакс хоҳад кард. Падар нигоҳ мекарду чизе намегуфт. Аммо мо забони нигоҳашро омӯхта будем. Мегуфт, ту куҷову фармон додан ба ман? Ангор манро бо ташдиди бештаре мегуфт. Модар ҳеч намегуфт, чун намехост ҷангу ҳарф бештару бештар шавад. Мерафт назди телевизиюн ва уперо тамошо мекард ва падар аз ин кораш бештар асабонӣ мешуду берун мерафт. Ин рафтори модарро тозагиҳо фаҳмидам, ки чист. Ин корро меконисми дифоъь мегӯянд. Ё ҳеч намегӯӣ, чун медонӣ, ки ба ҷое намерасад.

Модар як намуна аз занҳои суннатӣ аст. Аммо мо ҷавонон низ аз ин синдром кам надорем. Аз ҳамон низоме, ки корамон ва ё ояндаамон дасти онҳост, метарсем, вале риъоят мекунем. Метарсем, вале риъоят мекунем. Шояд ин рӯшантарин фоҷеъаи асри мо бошад. Дар Осиёи Миёна мардум каме пешрафтатар бо ин мавзӯъ бархӯрд мекунанд. Масалан, ба ҷои ин ки бинависанд "ба номи Худованди ҷону хирад" чунин шурӯъ мекунанд: "Чуноне ки раисҷумҳури муҳтарамамон фармуданд...." Агар табиб мебудам, ба дасти ҳамаи инҳо шиносномаи медодам, ки дар он навишта шуда бошад: "Ин шахс қодир ба баёни ҳарфи дили худ нест, чун дар рафтори ӯ Синдроми Стокхолм дида мешавад." Албатта, бар пешонии баъзе аз хабарнигорон ҳам бояд ин барчасбҳоро зад, то бишавад аз сирояти ин маризӣ пешгирӣ кард. Огоҳии мардумро болотар бибарем. Ба худ фикр мекунам, аз касоне, ки ба чунин дарде гирифтор ҳастанд, бихоҳам, ки кулоҳи сурх ба сар кунанду дар хиёбон роҳпаймоӣ. На, кулоҳи сурх хуб нест, чун ба ҷурми кумунист будан мумкин

аст дарди сар барояшон пеш биёяд. Бо кулохи
сабз бар сар берун оянд ва бибинем, ки бо чӣ
ҷомеъаву низоме рӯбарӯ ҳастем. Ман дар аввалин
фурсат кулохи сабзи худро хохам харид ва бо
эътироф ба сар хохам гузошт. Ман бо системи
тибби Хуланд мухолифам! Аммо то замоне ки
инҷо ба сар мебарам ва мумкин аст корам ба ин
мардум биюфтад, чизе намегӯям. Чизе намегӯям,
чун дуктурам эронӣ аст ва чун Меҳдиро дӯст
дорам ва мумкин аст ӯ ба дуктурхое, ки ман
сару кор доштам, мухтоҷ шавад. Падарам пир
аст ва хохаронам зиёд ва Худо накунад, ки ман
аз дуктурхо бад гӯям ва боз дафъаи дигар бо
тифли дигар ва чашмони илтиҷоомез наздашон
биравам. На, ин мардум дар қасд гирифтан
шохкоранд. На, дурусттараш, Худо дӯст дорад
онхоро дар бадтарин шароит бигзорад, то мо
мардум ёд бигирем. Билохира ёд бигирем, ки ин
як мушт дуктур хам инсоне беш нестанд ва бо ин
сарнавишти бадновишти мо коре наметавонанд
кард. Хатто агар хеле талош кунанд ва ё воқеъан
бихоханд, ки кумак кунанд, намешавад. Худо бояд
хоста бошад.
Агар Худо хохад. Ин танхо ҷумлае буд, ки
модарбузург баъди хар хоста ва ё орзуи худ ба
забон меовард. Ин рӯзхо Худоро зиёд ба забон
меорам. Аз дасткӯтохихои пизишкон дасти худро
бештар ба сӯи Худо дароз карда будам. Худоё
бихох, ки ман кӯдаке ба дасти худ бигирам. Меҳдӣ
гуфт:
— Ин рӯзхо эхсосоти тозаву аҷибе дорӣ, чиро

наменависӣ? Бинавис. Мехоҳам бидонам. Мехоҳам туро бештар дарк кунам.

Баъд каме сукут карду гуфт:

– Китоби Урёно Фолочиро хондай? Нома ба кӯдаке, ки ҳаргиз зода нашуд.

Мегӯям:

– Кудаки ман таваллуд хоҳад шуд...

Намехостам ҳатто фикрашро бикунам, ки ин муқовиматҳои ман кумаке бар хатти тақдир хоҳад кард. Бо зӯри орзу худро хушбин нигаҳ медоштам ва дардро таҳаммул мекардам. Дардам он қадр зиёд буд, ки дигар натавонистам ба клосҳои ронандагии худ идома диҳам. Аз дард ва бодкардагии якбораи шикам барои муддате кӯтоҳ ҳам наметавонистам роҳат бинишинам. Ба заноне, ки бо шиками бузург ронандагӣ мекарданд, ҳасудӣ мекардам.

Занони Амстердамро дӯст дорам. Шабеҳи занони кишвари мананд. Аз ҳомилагӣ наметарсанд ва намегузоранд, ки кӯдак онҳоро маҳдуд кунад. Бо шиками бузург ба мазраъаҳои панба мераванд. Борҳо шунидаам, ки фулонӣ дар роҳ таваллуд кард. Дар Амстердам ин ҷасорати занонро зиёд мебинам. Дирӯз занеро дидам, ки бо шиками бодкарда, ки фикр кунам ҳафтмоҳа ё ҳаштмоҳа ҳомила буд, аз мағозаи Албертайн бо ду кифи сангини харид берун омад ва ҳардуро ба ду сӯи фармони дучархааш овезон кард ва худро бо як ҷаҳиш рӯйи зин нишонду рикоб зад. Ман бо даҳони боз канори роҳ монда будам ва намедонистам ба ӯ кумак кунам ё на. Вале вақте сари чаҳорроҳ тоб хӯрд, ба худ омадаму асабонӣ шудам. Аз дасти ин гуна занҳост, ки ба ман бетаваҷҷуҳӣ мекунанд! Рӯзи гарми тобистонӣ буд ва борони шадиде меборид. Меҳдӣ панҷараро боз кард, ки аз рагбори берун филм бигирад ва бо ҳаяҷон маро садо зад:

– Шаҳзода, биё инро бибин!

Зани ҷавоне савори дучархае буд, ки аз чилав ба он сабаде васл шуда буд. Дар сабад ду кӯдак нишаста буданд ва чатри кӯчаке рӯйи сари худ доштанд. Меҳдӣ мегӯяд, аҳсант бар занони ин кишвар, ки побанди кӯдакдорӣ намешаванд. Ман мегӯям, Худоё, марди ин зани бадбахт куҷост, ки ба ӯ кумак кунад. Вале рӯз то рӯз эҳсос мекардам, ки ин кӯдак кори тамомвақти ман хоҳад шуд ва ҳеч дастёре, ки бихоҳад воқеъан ба ту кумак кунад, нест. Бовуҷуди ин ҳама нигаронихо, ки мумкин аст дар банди хона ва кӯдакдорӣ бимонам, бо тамоми вуҷудам ин кӯдакро мехостам. Мехостам модаре бошам мутафовит барои кӯдаке, ки аз тамоми кӯдакони дунё бартарӣ дорад. Вале аз бетаҷрубагии худ ҳарос доштам. Аз ҳар роҳи мавҷуд мехостам истифода бибарам, ки битавонам модари хубе бошам.

Худро дар яке аз клосҳои модарони ҷавон дар интернет узв кардам. Мутахассиси кӯдакону модарони ҷавон ҳар рӯз бароям аз тариқи имейл чизи тоза ёд медод. Зери номааш худро пруфесур Элизобет муъаррифӣ мекард. Клос ҳамеша чунин шуруъ мешуд:

– Dear Shazi! Today I will teach you…

Шаҳзодаи азиз! Имрӯз ба ту ёд медиҳам ки... Ва баъд ин ки чӣ гуна гӯшҳои тифли нозанини худро пок кунӣ. Ин амалро бо резтарин ҷузъиёташ бароям менависад. Ман инҷо пушти компютери худ менишинам ва аз завқ пар-пар мезанам. Беҳтарин коре, ки дӯст доштам, тамиз кардани байни ангуштчаҳои кӯчаки пояш буд. Нохунчаҳои нармашро, вой, дилам мехост ба даҳонам бияндозам, то ба халтаи ошғол.

Дард даври камарам мепечад. Даври маро дӯстон мегиранд. Худоро шукр, ки хоҳарам барои чанд рӯз ба хонаи худ баргашта буд, вагарна аз ин ҳама хун дилаш метаркид. Ин тифл аз ҳамин алъон дасту пойи маро бастааст. Аз сигору шароб бигир, то ба давидану дучархасаворӣ ва ҳатто хоб. Ҳарчи аз ӯ дидаам, дард аст, аммо дӯсташ дорам. Ҳамчунон дар дидани рӯйи ӯ ҳозирам ин ҳамаро бикашам. Аз ин ҳолати худ гоҳе метарсам. Гоҳе фикр мекунам, ки ман мисли маризҳои гирифтори Синдроми Стокҳолм ҳастам. Ошиқи кӯдаке, ки барои аз байн бурдани ман ба маънои имрӯзии худ талош мекунад. Ман медонам, ки ин тифл бо чӣ қимате ба даст меояд. Аммо девонавор дӯсташ дорам. Канори ойина меравам ва либоси рӯйи худро боло мекашам. Нигаронам, ки пӯсти шикамам кашида шавад. Нигаронам, ки пӯстам пир шавад, нигаронам, ки дигар аз лухт шудан лаззат набарам. Ба сӯйи интернет меравам ва ҷустуҷӯ мекунам:

strech marks how to prevent[1]

Талош мекунам худро ҳифз кунам, ҳамчунон ки ҳастам, бимонам. Ҳеч чиз аз рӯзгорам, аз озодиям кам нашавад, аммо кӯдаке дошта бошам. Ҳеч чиз лаззатбахштар ва дилгармкунандатар аз тамошои шиками зани ҳомила нест. Ҳеч чиз. Шонаҳоямро ба рӯи ойина меорам ва даст ба шикам мекашам. Ман модар мешавам, ним соли дигар ман кӯдакбадаст хоҳам шуд. Баногоҳ ба маънои ним сол таваҷҷуҳ мекунам: Ним сол? Ним соли дард, ним соли интизор?

Ба олбуми обӣ, ки барои кӯдак харидаам, нигоҳ мекунам: Худоё! Чӣ бинвисам? Аз куҷо шурӯъ кунам? Оё ҳеч вақт хоҳад хонд? Оё барояш муҳим аст? Ин тифл чӣ чизҳоро дӯст дорад?

Намедонам, аз ин дунёи ҷадид ҳануз ҳеч намедонам. Бастабандии олбумро барои даҳумин бор боз кардам ва дарозсанҷи нармро гирифтаму даври камарам кашидам: панҷоҳу шаш сонтиметр. Вазнам ба панҷоҳу ҳашт расида. Дар ду ҳафта се кину изофа кардам. Чӣ бок! Бигзор фарбеҳ шавам, аммо аз кашида шудани пӯст ва хатҳои баъд аз зоймон метарсам, сахт нигаронам.

Яке аз корҳои дӯстдоштанӣ тамошои занони ҳомила ва хондани веблогҳояшон дар интернет аст. Дунёи маъсумона ва беғаши ин занонро дӯст дорам. Тамоми нигарони*яшон мавҷудест ба андозаи кафи даст. Вале бештарашон хоричиянд. Ҳеч зани шарқиро надидам, ки аз шиками

---

1   чилугирӣ аз кашидагӣ ва даридани пуст

бордори худ аксе мунташир карда бошад ва ё веблог навишта бошад. Ман мекунам. Аммо ҳанӯз зуд аст. Бигзор каме бар шаҳоматаш афзун шавад, он вақт ҳатман мегузорам. Аммо эҳсоси танҳой дорам ҳамчунон. Вақте дар бемористон мунтазири навбати худ ҳастам ва танҳо нишастаам. Эҳсоси ғурбат ва танҳой дар чашмонам пайдо мешавад. Занони ҳомила даст дар дасти шавҳарҳои худ нишастаанд. Бори аввал эҳсоси ҳасудӣ кардам. Кош Меҳдӣ бо ман буд.

Инсон ҳамеша ба инсони дигаре ниёз дорад. Ниёз дорад шодӣ ва ғами худро бо касе ба миён гузорад. Ниёз дорад ба шонаи дӯсте аз шодӣ гул-гул бишкуфад. Ниёз дорад касе дар канораш бошад. Касеро, ки бисёр дӯст дорад. Падарам ҳеҷ вақт дунболи мо ба мадраса намеомад. Орзӯи даврони кӯдакиям ин буд, ки падарам маро бо либоси мадраса ва ситораи сурхи дурахшон бар сари синаам бибинад. Аммо хеле кам пеш меомад, ки ӯ либосҳоеро, ки бароямон харидааст, бар тани мо бибинад. Мо чаҳор духтар шаби шурӯъи мадраса либосҳои нави худро мепӯшидем ва банавбат ба падару модар намоиш медодем. Ин гуна шаби намоиши муд бисту нӯҳи Август ва бисту нӯҳи Апрел баргузор мешуд; шабу рӯзҳои дӯстдоштаи мо кӯдакон. Яки Сентябр шурӯъи дарс ва аввали моҳи май рӯзи коргарон дар замони шӯравӣ. Ин рӯзҳо ба даврони кӯдакии худ бисёр фикр мекунам. Рӯзе, ки аввалин бор либоси ҳомилагӣ ба бар кардам, эҳсоси шодӣ тамоми вуҷудамро гирифта буд ва ман ангор бо ҳамон шевае роҳ мерафтам, ки рӯзҳои гарми офтобӣ ба мадраса мерафтам. Гӯё шабоҳате дар юнифурми мадраса ва либоси занони бордор медидам. Ангор дарserо шурӯъ кардаам ва баъд аз нуҳ моҳ имтиҳон бояд пас диҳам. Имтиҳоне, ки бояд сахт омодааш бошам.

Аз миёни радифҳои бозор мегузарам ва бо ин ки дастонам аз кифҳои харид пур аст, чашм ба гулфурӯшӣ мебарам. Ҳамеша бо дастаи гул ба мадраса мерафтам ва рӯйи миз барои устоди адабиёти худ мегузоштам.

Адабиётро дӯст доштам. Достонхониро бештар тарҷеҳ медодам, то омода кардани вазоифи хонагии мадраса. Модарам байни ин ду тафовуте намегузошт. Муътақид буд, ки китоб хондан дарс хондан аст. Аммо устодон баръакс аз ман интизор доштанд, ки машқҳои супоришдодаи онҳоро анҷом диҳам. Ман ҳам бо "тӯтивор азёд кардан" онҳоро аз сари худ соқит мекардам ва боз ба достонхонии худ мепардохтам.

Дар хонаводае, ки ман ба бор омадам, ҳеҷ гоҳ ба кӯдакон зулм намешуд. Озодии интихоб ҳамеша дарҳои боз дошт ба рӯйи мо кӯдакон. Хонаводаи моро кӯдакон идора мекарданд. Падарам эътиқод дошт барои анҷоми ҳар коре ҳамеша бояд аз ҳамаи аъзои хонавода назаргирӣ кунем. Ҳамеша сари мизи ғизохӯрӣ, ки маъмулан баъд аз шом суҳбат аз харидани чизи ҷадиде ё анҷоми коре сурат мегирифт, падар бо шеваи ҷиддию идорӣ мегуфт, аввал мувофиқон даст бардоранд ва баъд мухолифон.

Бо ин роҳ ҳарфи мо кӯдакон, ки теъдодамон бештар буд, баранда мешуд. Бештари авқот мо духтарон баранда мешудем, чун панҷ духтар будем. Ҳарфи бародарам хеле кам дар ин назарсанҷиҳо пазируфта мешуд, чун танҳо писари хонавода буд ва ҳатто бо изофаи раъйи падару модарам низ наметавонист раъйи бештар аз мо духтаронро ба даст биёрад. Аз ин ҷост, ки бародарам ҳамеша муътақид аст падару модарам мо духтаронро бештар дӯст доранд, дар ҳоле ки ҳеҷ вақт чунин набудааст.

Падарам ҳамеша дӯст дошт як писари дигаре дошта бошад ва дар натиҷа соҳиби панҷ духтар шуд. Бародарам Муҳаммадҷонро бисёр дӯст дошт. Вале ин ишқи ӯ ҳеҷ вақт боъиси он нашуд, ки ҳаққу ҳуқуқи мо духтарон ё нодида гирифта шавад ва ё риъоят нашавад. Ҳоло ки ба он даврон бармегардам, мебинам, ки падарам ба маънои тамом демукрот буд. Дар авҷи фаъолияти худ ба унвони кумунист борҳо сари қабри падари худ мерафту фотиҳа мехонд. Ҳарчанд медонист, ки мумкин аст паёмади ин рафтораш аз даст додани кор ва ё шуҳрати ӯ шавад. Аз кору шуҳрати худ ҳамеша барои кумак ба мардум истифода мебурд.

Аз хатти телефун кашидан, роҳҳоро асфалтпӯш кардан, то ба обёрӣ ба маҳалҳои дурдаст талош мекард саҳми назаррасе бигзорад. Ҳатто вақте мехост дар хона кореро бо алоқа анҷом диҳад, бо шавқ ва барқ дар чашмонаш меомаду баъд аз шом раъйгирӣ мекард. Бештари авқот мо раъйи мухолиф медодем ва ӯ ноилоҷ аз он кор даст мекашид.

Гул коштану боғдориро дӯст медошт. Боғи бузурге доштем, ки нисфи онро шафтолу кошта буд. Мутаассифона умри зиёде надоштанд ва хушк шуданд. Пушти хона, канори ҷӯйбор, ки серобтарин ҷой буд, санавбар кошт. Дар чанд сол ин санавбарон қад кашиданд ва беҳтарин ҷой барои мулоқотҳои ошиқона шуданд. Бо шӯхӣ ба ӯ гуфтам:

– Кош зудтар инҳоро мекоштед, аз сояашон бештар истифода мекардем.

Он вақт аз маҳал рафта будам ва дар хобгоҳи донишҷӯён ба сар мебурдам. Гуфт:

– Нигарон набош, дигарон аз сояш ба андозаи кофӣ истифода мекунанд.

Падарам ҳамеша бо ман бо шеваи бузургсолон бархӯрд мекард. Дар даврони кӯдакӣ пинҳонӣ хок мехӯрдам. Модарам башиддат аз ин кори ман метарсид ва то имкон дошт аз он ҷилавгирӣ мекард. Рӯзе аз падар хост, ки ба ман чизе бигӯяд, ки тарки ин одати бад кунам. Падарам гуфт:

– Бигзор таъми хоки падаронашро хуб бичашад.

Модарам вақте маро дар батн дошт, ҳамеша виёри хок, шамма ва ё туфолаҳои чой дошт. Мегӯянд ин аз камбуди минерол дар бадан аст. Модар мегӯяд, хоки бахусусеро дӯст доштам. Хоки сурх. Вақте аз канори ҳавлиҳое мегузаштам, ки об задаву ҷору карда буданд ва бӯи хуши хок фазоро гирифта буд, мехостам кафамро пур кунам ва ба даҳон барам.

Аммо аз ин кори кӯдакона худдорӣ мекардам.

Аз ин ки ҳеҷ вақт виёри хок надорам, нигаронам. Ин яке аз он нишонаҳое метавонад бошад, ки ту шабеҳи ман набошӣ. Вақте дар порки шаҳри наздики хона дар Амстердам қадам мезадам, дилам ёди он бӯи хуши хоки Самарқанд мекард. Бӯе, ки дар ҳеҷ хоки дигаре пайдо накардам. Ёди "Саразм" мекунам. Саразм, ки қадимтарин шаҳри Осиёи Марказӣ аст, аммо зери хок. Ҳазоронсола хоке, ки милюнҳо мардуми порсигӯ дар он хуфтаанд. Ҳамон хоке, ки бо ошиқтарин марди тоҷик хӯрдам. Дар Панҷакент, ки Саразм низ бахше аз он аст, устоде дорам. Дар Панҷакенте, ки давроне бахше аз Самарқанд будааст.

Туро ҳатман бо ин шаҳри зебо ва бо он вафодортарин фард ба торихи мо порсигӯён ошно хоҳам кард. Рӯзи ҷашни забони форсӣ буд ва ҷамъи рӯшанфикрон ҷамъ буданд. Дасти маро гирифт ва аз ҷамъ дур шудем.

Гуфт:

– Биё бо воқеъияти ин забон туро ошно кунам. Ту Шоҳзода ба номӣ, мо шоҳзода ба ком. Биё, туро бо гавҳари сарзамини ниёкон ошно кунам.

Маро ҳамроҳ бо устод Адаш Истад ба Саразм овард, ки барои ширкат дар ҷашни Забон бо гурӯҳе аз шоъиру нависандагон аз Самарқанд ба Панҷакант омада будем. Шаҳри харобаи бостонӣ, ки дар тӯли ҳафт ҳазор сол дар се давраи торихӣ шаҳрҳои мухталиф бо расму динҳои гуногун зери хоки он хуфтааст. Бо ҳар гарди он хок вобастагӣ дошт ва ошиқона аз ҳар пораи гили он мегуфт.

Гуфтам:

– Бошарафтарин бостоншиносе ҳастед, ки мешиносам.

Гуфт:

– Ман бостоншинос нестам, барои ман ин ҳама тамаддун гузаштаи сарду дур нест.

Ба сӯйи кулбае менигарад:

– Инҷо хонаи ман аст. Ман рӯзу шаб ҳузури шоҳзодагони ин хокро эҳсос мекунам. Ман аз ин омӯхтам.

Ба саге ишора мекард, ки ман дами дарвозаи вурудӣ аз он тарсида будам ва орому бесадо моро дунбол мекард.

Гуфт:

– Ин саг ба ман садоқатро омӯхт. Ин саг ба ман омӯхт, ки чӣ гуна ба ин хок вафодор бимонам.

Шишаи вудкоеро аз ҷайби худ дароварду гуфт:

– Кош косахонаи саре инҷо дар дастрас буд, ҳайф ҳамаро ҷамъ кардаам, ки сагҳои велгард набаранд.

Ба худ фикр кардам, ки шояд мехоҳад бо шеваи Ҳомлет шароб бихӯрад. Аммо аз ҷайби дигараш пиёлае баровард ва ба ману Адаш Истад дод. Як каф аз хоки Саразм бардошт Адаш Истад ва ба пиёла андохт. Хоки шаҳре, ки бо он ҳама сукут гуфтаниҳои зиёде дошт ва қарнҳо рӯ ба Самарқанд хобида буд. Рӯйи он хок шароб рехт ва бо ангуштонаш ба ҳам зад. Он вақт ба сӯйи ман дароз кард. Пиёла пур аз шароби хоколуда буд. Ба лаб бурдам. Адаш Истад гуфт:

– На ба ин содагӣ, бояд қавл диҳӣ, ки беҳтарин шеърро аз ин хок ту бигӯй.

Дар баробари он ҳама торих ва он ҳама

бозмондаҳои хурду рези фарҳанги ғанӣ худро
ҳақир эҳсос кардам. Худро ҳечу пуч эҳсос
кардам. Эҳсос кардам, ки ин шароб, ки бо ин
хоки қадимӣ оғушта аст, бофарҳангтар аз ман
шудааст. Тамоми ҳуҷайраҳои баданам ангор ба
як самт ҳаракат мекарданд. Бо ғуруру виқор аз ин
ҳама арвоҳе, ки ангор чашм ба ман буданд, неру
гирифтам. Қотеъона қавл додам ва шаробро то
таҳ сар кашидам. Қавле, ки ҳанӯз рӯйи шонаҳоям
сангинӣ мекунад. Ман ҳам оҳиставу ором шабеҳи
рӯшанфикроне мешудам, ки аз рӯшанфикрии
онҳо танҳо рафтори ғайримаъмулияшон шаҳодат
медод.

Кор ва таъсири бахусусе рӯи ҷомеъа надоштанд.
Танҳо орзуи тағйир дар дилашон сангинӣ мекарду
бас. Ангор тақдири рӯшанфикрон ҳамин аст.

Дарк кардани иштибоҳот ва кореву роҳе барои
он наяндешидан. Рӯшанфикроне, ки танҳо оҷиз
будан барояшон рӯшан буд. Ман ҳанӯз оҷизам
назди он қавли худ, ки ба арвоҳи шаҳри бостонии
Саразм додам.

Гузашта аз ин лаҳзаҳое, ки бидуни дард бо
ойина ва бо нутфае, ки ҳанӯз бештар аз як сонт
қад накашида, ҳарф мезадам, дар дилам тарси
хонанишинӣ монда буд. Байни обу оташ монда
будам ва дардҳои бепоён ва дуктури хушпанду
насиҳатам, ки ҳамеша мегуфт, сахт нагир, фикр
кардӣ бордориву модар шудан ба ҳамин содагӣ
ба даст меояд?

Вале ҳамон шаб дарди ҷонфарсое тамоми торҳои
даври шикаму камарамро мекашиду пора мекард.

То инки эҳсос кардам хунрезӣ дорам. Осмон дар чашмонам торик шуд. Соъати ёздаҳи шаб ба хонааш занг задам. Аввали субҳ бидуни қарори қаблӣ маро ба мизи озмоиш нишонданд ва барои нахустин бор дар ёздаҳ ҳафтаи бордорӣ аз аҳволи кӯдаке, ки дар ман шабҳо, рӯзҳову ҳафтаҳо дард мекашид, пурсон шуданд. Пизишк хонуми зебои ҳуландӣ буд, ки аз чехрааш нур меборид. Баъд аз муъояна ба ман нигаристу гуфт:

– Мутаассифам, ки бароят хабари хуше надорам.

Аз тамоми баданам арақи сард рехт ва заъф кардам. Гуфт:

– Нутфа аслан ҳеч рушде накарда ва ман чизе намебинам.

Рӯзгор ранги дигар гирифт. Тифли ноздонаи ман як моҳ буд, ки дар батни ман мурда буд ва ман мисли шогирди ҳарфгӯшкун ба ҳарфҳои дуктур бо диққат гӯш медодам ва ба дардҳои бепоёнам одат мекардам.

Хонуми дуктур гуфт:

– Бояд раҳимро тамиз кунам. Бештар аз ин нигаҳ доштан мумкин аст бароят бисёр хатарнок бошад.

– Ман обистанам! Ман ин кӯдакро мехоҳам. На, шумо иштибоҳ мекунед!

Ҳозирам тамоми дарди оламро бикашам, вале ба тахти ҷарроҳӣ наздик нашавам. Боз маро ба он гӯшаи ваҳмнок мебаранд. Инҳоро, ки менависам, баъд аз таҳнишин шудани чунун аст. Девонае беш набудам. Ҳамшира гуфт:

– Талош накун қавию пурбардор бош. Бирав боғи канори бемористон ва бо тамоми қудрат ба дарахту девор лагад бизану фарёд бикаш. Сабук бишаву биё ҷарроҳӣ кунем.

Ман ба гуфтани як калима ҳам қодир набудам.

Ба деворе табдил шудам, беҷону беҳис.

Тамоми эҳсосотам ба ҳам хурд. Модар, модарбузург, дарахтони хиёбонҳои Самарқанд, шулуғиҳои Ландан, бемористон, забонҳову фарҳангҳое, ки таҷруба кардаам, ҳама чун қатор варақвор аз зеҳнам убур мекард. Забони эҳсосотам аз форсӣ ба инглисӣ мунтақил шуда буд. Веблогро боз кардам. Веблоге, ки дар он калимае ҳам аз обистан будани худ нанавишта будам.

Sister

Illusion is over

I miscarried my dream.

Please, come to help to stop this stream

Or may be

To cut this string forever![1]

Аз қурсҳое, ки барои тамиз кардани раҳим бароям дода буданд, хунрезии шадид доштам. Дарди камаршикан то як ҳафта идома ёфт. Бо хун, бо ашк, лахт-лахт орзуҳоямро бо зӯри қурс аз баданам берун мекашиданд. Меҳдӣ хоҳарамро барои кумак аз Олмон садо кард. Мехостам танҳо

---

1 Хоҳарам

Орзуям сиқт шуд,

Рӯъё ба сар омад.

Илтиҷо мекунам биё,

Кумакам кун боздорам ин ҷараёнро,

Ё шояд барои ҳамеша

Барканам аз реша!

(Асл ва тарҷумаи шеър аз нависанда)

бошам, танҳо. Аз бохтани ин тифл эҳсоси амиқи танҳой ва афсурдагӣ доштам, ки на бо ишқ, на бо хоҳар ва на бо дӯстони меҳрубон бароварда мешуд.

Рӯйи ҳамон мубле, ки рӯзи ҳафтуми моҳи ҳафтуми соли дуҳазору ҳафт дар оғӯши Меҳдӣ аз шавқи дидор ва зиндагонӣ метапидам, ҳоло аз дарду хунрезиву навмедӣ нола мекардам. Хоҳарам аз рӯйи одати кӯдакӣ вақте мариз мешудам, канорам ба изофаи косаи об китобу дафтар ва қаламе гузошт. Аз ин ҳаракати хоҳарам табассум мекунам.

Ёдаш ҳаст, – мегӯям дар дил, – ёдаш ҳаст.

Хоҳарам, ҳамон хоҳари азизе, ки бо сарзаниш барои сиқти ҷанин фиристода будам, ҳоло рӯбарӯям нигарон нишаста буд ва ҳоло ӯ ба ман дилдорӣ медод, ки ғусса нахӯр, дафъаи баъд муваффақ хоҳӣ шуд. Нақшҳо баръакс буд дар саҳнаи рӯзгор ва эҳсос мекардам, ки мо инсонҳо бозичае беш нестем дар дасти тақдир.

Рӯйи тахти бемористон хобида будам ва чароғҳои рӯи сарамро мешумурдам. Ба Меҳдӣ мегӯям:

– Кош дурбине доштам, аз ин зовия филм мегирифтам. Зовияи диди тозае аз зиндагии худ дорам. Телефуни дастияшро дароз мекунад. Ман дард дорам, вале дигар бо он унс гирифтаам. Ҷузъи зиндагонии ман шуда буд.

– Дунболи ноёбтарин исме мегаштам, ки худ тифли ноёбе ба бор овардам. Тифли бохушеро аз даст додем, Меҳдӣ. Фаҳмид инҷо дар рӯйи замин чӣ хабар аст. Гуфт, ҷойи ман нест. – Лутфан, исрор накун модар, ман аҳли ин хок нестам.

Парандаи осмонҳои обӣ буд, шояд. Аксе аз момугрофии ҷанини ҳаштҳафтаро дар интернет дида будам. Дастонаш мисли барги ангур буд, вақте ҳашт ҳафтаро пур кард ва пойҳояш низ ҳеч фарқе бо дастонаш надошт ва ман ҳамааш хоби фарзандсро медидам, ки ноқис буд. Як чашм дошт ва гоҳе паранда мешуд. Вақте дар бахши зоймони шаҳр тоблуи наққоширо дидам, дигар тарсам рафт ва роҳаттар аз хобҳоям ҳарф задам.

Гуфтам, фарзандам ноқис аст? На, ноқис нест. Шакли инсонро надорад, боварат мешавад, Меҳдӣ? Шакли гушапарак аст. Шумо ба гӯшапарак чӣ мегӯед? Парвона? На, фарқ мекунад. Парвона умри кӯтоҳе дорад. Гӯшапарак ба он навъ парвонае мегӯем, ки рангҳои зебое дорад ва дар гӯшаву канори боғ, бахусус дар фасли баҳор мебинишон мисли сели гунҷишкон ҳамеша гурӯҳ-гурӯҳ рӯйи гулҳои хушранг мепаранд. Вақте дар боғ пайдояшон мешуд, модарам мегуфт, ки рӯҳи хоҳари ҷавонмаргам Озода омада бо мо бозӣ кунад. Дар он наққошӣ зани ҳомилае хобида ва шикамаш баланду боло омада буд ва дохили шикамаш чандто гӯшапарак дар ҳоли парвоз.

Як моҳ буд ман ба тобут табдил шуда будам. Ба тобуте, ки орзӯҳои як умри худро аз хона ба кор, аз кор ба хона мекашид. То ин ки хонуми дуктури зебо бо дастгоҳе дароз дар олами шозда-кучулуи ман гашту гуфт, "хабари хубе надорам." Гӯшапаракҳо берун омаданд аз чашму димоғам.

Биҳишти кӯчаки шозда-кучулу дӯзах шуд. Мепурсам:
– Оё ҳеч роҳи пешгӯйӣ ва ё пешгирӣ набуд? Манзурам ин аст, ки дуктури ман наметавонист маро зудтар барои ин озмоишҳое, ки анҷом додед, бифиристад?

Дуктур ҳамчунон ба чашмонам нигоҳ мекунад ва бо табассуми кинояомез мегӯяд.
– На.

Мехоҳӣ фарёд кунӣ, намекунӣ. Дер шуда буд.

Шозда-кучулу шабе тасмим гирифта буд, ки аз ин сайёраи кӯчак биравад ва бехабар рафта буд. Як моҳ пеш рафта буд. Ором, бо ҳамон шеваи худашон табассум мекунӣ.

Чизе туро нигоҳ медорад, чизе, ки бахусус худи дуктурҳо хуб медонанд. Медонанд, ки чӣ мекашӣ ва медонанд, ки байни замину Худо ҷуз худашон дигар ҳеч ҷонзоде вуҷуд надорад, то ба додат бирасад. Барои ҷони худ ё дарди худ шояд аз ин пизишкон ҳеч чизе намехоҳам, аммо ба хотири тифли нозодаи худ, ин мавҷуди рӯҳбахш, ҳозирам ҳатто агар лозим шуд, ришва бидиҳам, тан бидиҳам, ҷон бидиҳам, то зинда нигаҳаш дорам.

Мегӯям: Хонум, шумо метавонед ба ман бигӯед, ки чиро ин қадр бояд сабр кунед, то тифл дар батни модар бимирад ва баъд модарро наҷот диҳед? Чиро ба ҷои модар ва ҳатто ба ҷои тифл тасмим мегиред? Ман шояд тарҷеҳ медодам, ки аз ин зиндагонӣ худро берун кашам ва ин тифлро аз худ ёдгор гузорам. Чиро ба ҷойи ман ва тифли ман тасмим мегиред? Чиро?

Ором гӯшаи бемористон нишастаам. Коре аз дастам бармеояд? Аммо фикр мекунам, чунон фикр мекунам, ки дар поёни ин фикри тӯлонӣ муқассир худи ман аз об дармеояд. Чиро бовар кардам ба ҳарфашон? Чиро ба кишвари дигаре нарафтам? Чиро ба Самарқанд нарафтам?

Аз ин кишваре, ки низоми пизишкияш ақабмондатар аз кишварҳои ҷаҳони севум аст. Бо як мушт диктотурҳое, ки бароят тасмим мегиранду водорат месозанд бо табассум дарро пушти сарат бибандӣ ва мебандам.

Берун борони маҳине меборад. Худоро шукр, ҳадди ақал бо хаёли роҳат мешавад гирист. Худоро шукр, ки ҳанӯз таслим шудан ҷурм нест. Дуктурҳо метавонанд озодии сухан ва ё озодии баёнро наҷот диҳанд. Аммо чиро аз ин кор даст кашидаанд?

– Чӣ мегӯӣ? – Бо нигаронӣ пиёлаи чояшро рӯи миз мегузорад Меҳдӣ.

Дар бемористони шаҳр мунтазир будам. Намедонам мунтазири чӣ. Ба ман гуфта буданд, ки бача рушд накарда ва қалбаш намезанад...

– Хонум Назарова, шумо ҳанӯз инҷоед? Касе кумак мекунад ба шумо?

– На, ман фақат мехостам бо дигар дуктуре қарор бигзорам, то мутмаин...

– Хонум Назарова, ман комилан мутаваҷҷеҳи эҳсосоти шумо ҳастам. Шумо алъон дақиқан мисли як модар рафтор мекунед. Ин комилан табиъӣ аст. Вале бовар кунед дуктур Койк аз беҳтарин пизишкони мутахассиси занон ҳастанд ва ҳар чизе эшон гуфтанд, ҳамон аст, ки гуфтанд.

– Оре, дуруст мегӯед, аммо ман мехоҳам бипурсам, ки чиро намешуд пешгирӣ кунанд?

– Як лаҳза сабр кунед.

– Ман се моҳ сабр кардам, як лаҳза ҳам сабр мекунам...

Хуб медонанд, ки ту чӣ мекашӣ ва хубтар медонанд, ки ба ҷое намераси. Ангур омадаам назди вазир, то аз райисҷумҳур шикоят кунам ва ё ҳатто бигӯям, ки дар кори эшон шак дорам. Эҳсос мекунам Синдроми Стокҳолм дар ман афзоиш пайдо кардаасту ман лаҳнам ҳар рӯз меҳрубонтару меҳрубонтар мешавад.

Фардо бояд назди ҳамин мардум биёям, то маро ҷарроҳӣ кунанд. На, то метавонам зери теғи инҳо намеравам. Вале ин садо чӣ қадр заъиф ва ҳатто беҳуда ба гӯш мерасад, на? Ин шурӯъи кори меконисми дифоъ дар бадан аст, ки оҳиста-оҳиста ба синдрум табдил мешавад. Ман инро аз модарам, на, аз падарам, на, шояд аз аҷдоди худ гирифта бошам. Шояд ҳам аз мардуми давру барам ба ман сироят карда. Шояд ҳама бо ҳам. Медонӣ аз чӣ ҳарф мезанам? Аз чашмонат пайдост, ки намедонӣ. Синдроми Стокҳолм маризиест, ки бештар ба ҳолати рӯҳ марбут мешавад. Шояд ҳам маризии рӯҳист.

Агар аз ман бипурсанд, ки худро дар як калима тавсиф кун, бидуни лаҳзае фикр мегӯям: Сабр. Ман сабрам, саропо сабр. Агар чунин сабур намебудам, шояд мисли Н. фоҳиша мешудам. Ё мисли Б. даст ба худкушӣ мезадам. Ё мисли

Нилу дар дурдасттарин деҳкадаи дунё хазони бармаҳалли ҷавонӣ ҷамъ мекардам. Ё мисли Г. бо панҷ духтар барои шашумин бор ҳомила будам, чун шавҳари муътодам орзуи рӯи писар дошт. Ё чун Д. тамоми навиштаҳоямро шавҳаре бефарҳанг сӯхта буд. Ё маъшуқаи марди бешуъуре будам. Ё дар дахмаи хонаводагиямон дар мазори Куҳистони Самарқанд канори модарбузург хобида будам. Сабр дар бунёди ман буд. Сабр парчами ҳафт пушти ман буд.

Дастёри дуктур Койк баргашту чанд дақиқа суҳбат кард. Чиҳо гуфт, намедонам. Ангор ҳисси шунавоиямро аз даст дода будам. Даст рӯи шонаам гузошту гуфт, ман ҷойи ту будам, ба порки канори бемористон мерафтам ва бо тамоми қудрат фарёд мезадаму ба тамоми дарахтон лагад. Дилам барои дарахтон сӯхт. Ба заноне фикр кардам, ки ба ин пешниҳод амал карда бошанд. Аз он ба баъд ҳар дарахтеро бибинам, ки қомат каҷ кардааст, фикр мекунам, ки мумкин аст аз ғами зане ноумед бошад.

Ман сабр мекунам. Сабр мекунам, то мутмаин бошам, ки тасмимро ман нагирифтаам. Тасмимро табиъат гирифта бошад. Даст бар шикам мебарам ва дард бар камарам ҳалқа мезанад. Ба боло нигоҳ мекунам. Баъд аз ин ҳама дард ва исроре, ки доштам, тоза тасмим гирифтаанд бибинанд чӣ мекашам. Худоро шукр, ки бимаи саломатӣ дорам. Шояд агар бима намедоштам, мустақим аз яхдони мурдаҳо сар дармеовардам. Ба чароғҳои утоқи ҷарроҳӣ нигоҳ мекунам ва дилам мехоҳад ба тамоми мардуми дунё садоям бирасад.

Эй мардум! Эй дардкашидаҳое чун ман! Агар дард доред ба забоне фарёд бизанед, то мардум боварашон шавад! Ба забоне ҳарф бизанед, ки умқ ва мизони дардатонро дарк кунанд, эҳсос кунанд, вагарна чӣ басо дидӣ, ки дер шуда, дер. Чунон дер, ки ман мебинам алъон инҷо рӯи тахти зоймон дар ҳоле ки аз ҳамл ҷуз охирин лахти хун чизе намонда. Ба ҳеч дуктуре, ба ҳеч дилдоре роҳ мадех, ки ба ту бигӯяд: Ин ки ҳеч аст... Агар тамоми мардуми дунё фикр кунанд, ки ту солимӣ ва ту эҳсос кунӣ, ки маризӣ, маризӣ. Тамоми мардуми дунё фикр кунад, ки ту маризӣ ва ту эҳсос кунӣ, ки ҳечат нест, ҳечат нест. Ин танҳо омӯхтаи ман буд дар ин се моҳи кӯтоҳи бордорӣ.

Тамоми дардҳоро пазируфтам, тамоми бедориҳо, тамоми махрумиятҳоро пазируфтам, ки ин тифли зеборо дошта бошам канори худ, то алла бихонам барояш ва муйҳои тилоияшро шона занам.

Ба ман мегӯянд як моҳ аст, ки қалбаш намезанад, нест, мурдааст, фоида надорад. Вақте дер аст, бароям роҳи интихоб мегузоранд. Вақте метавонистанд кумакаш кунанд, ба ҳарфҳои ман арзиш қоил набуданд. Ба ҳисси ғаризаи модаронаи ман эҳтиром нагузоштанд. Ман бо дарду сӯз ба тобуте табдил шудам орому гӯшагир. – Ҳеч вақт дидӣ тобут роҳ биравад? На? Пас биё дидани ман, – мегӯям ба хоҳарам.

Моҳзода бо тамоми имкон, ки дошту надошт, худро ҳамон рӯз аз Олмон ба Амстердам расонд.

– Чӣ шуд?

– Нашуд.

Хонуми дуктури ҳуландӣ рӯйи ду покет навишт: "Се қурс шаби шанбе бояд бихӯрӣ ва баъд аз сию шаш соъат агар ҷавоб дод, покети дувумро фаромӯш кун."

Рӯйи покети дувум навишт: "Агар баъд аз 36 соъат хунрезӣ шиддат нагирифту раҳим пок нашуд, ҳар 12 соъат ду қурс бояд ба дохили раҳим бифиристӣ, то натиҷа бидиҳад."

Ҳеҷ вақт «Ҷаллодони Бухоро»-и Садриддини Айниро хондаед? Онҷо бисёр рӯшан тавзеҳ медиҳад, ки чӣ гуна маросими сар задани зиндониёни арки Бухоро анҷом мешуд. Чӣ гуна ҷаллодон дастуре доштанд ва аз рӯи он кор мекарданд. Ман ҳам бо дастури худ ба хона омадам. Хоҳарам дастонамро маҳкам гирифта буд ва бо ҷиддият ба умқи чашмонам нигоҳ мекард, то бифаҳмад аз сари ман чӣ мегузарад. Ман дар чӣ хиёбоне қадам мезанам? Бӯи хун ва магасҳои хунхори Бухоро гӯё дар хиёбонҳои Амстердам асаре аз худ гузошта буданд. Ман имшаб даст бар хуни фарзанди худ хоҳам шуст, эй мардум!

Хоҳарам тугмаи сифунро фишор медиҳад, то ман ба сели хуни дохили дастшӯй нигоҳ накунам. Бо чашмони аз дарду тарс сурхи худ ба хоҳарам нигоҳ мекунам ва дастамро ба сӯяш дароз. Бояд аз ҷой баланд шавам. Кош метавонистам музоҳими касе набошам. Аммо наметавонам. Дар кафи дастонам лахти бузурги гӯшти гарм меларзид. Эҳсоси модареро доштам, ки қалби фарзандашро ба кафи дастонаш дода бошанд.

Веблогамро боз мекунам ва бо суръати бод тойп мекунам:

Вақте мехоҳам бимонӣ, намемонӣ

Вақте мехоҳам биравӣ, намеравӣ

Сабри маро имтиҳон мекунӣ

ё тавони маро?!

Ду рӯз аст, ки дастони хунолудаи худро мешӯям ва қатл ҳанӯз идома дорад.

Хоҳарам мегӯяд:

– Нигоҳ накун, боз хоби бад хоҳӣ дид.

Дастонамро мешӯям

Чашмонамро мешӯям

Қалбамро наметавонам.

Модарбузург мегуфт:

Хун дар хоб рӯшноист.

Дар бедорӣ аммо торикӣ.

ва тамоми дунё даври сарат мечархад.

Хоҳарам дастамро гирифт

Худоро шукр ӯро дорам

вагарна боварам намешуд, ки Урупо сабз аст.

Дишаб буд, ки сароб тамом шуду хоҳарам гуфт:

– Саранҷом зан шудӣ духтар,

табрик ва таслият.

Дӯстонро албатта бо ин навишта бисёр нигарон мекунам ва мепурсанд чӣ шуда.

Чӣ шуда? Чӣ тавр тавзеҳ бидиҳам, ки чӣ шуда.

– Ҷӯробамро надидӣ? – Бо ҳамон нигоҳи гунаҳкорона, аммо рӯшани худ мепурсад Меҳдӣ.

Ман ҳам бо ҳамон нигоҳи шармандавор мегӯям:
– На, куҷо гузошта будӣ?
Мо ҳамеша чизеро ҷо мегузорем, аммо дар ҳамин ҳад кӯчаку камарзиш, мисли ҷӯроб. Он чизҳои пурарзиш, ки ёдамон мераванд, дигар ба ёд намеоварем.
Садои занги калисои наздики хона меояд. Канори панҷара, руи қолича нишастам ва дастамро ба тоқчаи китобҳо бурдам. Ба шонаи ҳамаи китобҳо ангушти худро гузоштам, аммо ҳеч кадомро берун накашидам. То кай мешавад китоб хонд? То кай мешавад хондаҳоро фаромӯш кард? Эҳсос мекунам, ки ҳофизаам фишурдаву фишурдатар мешавад. Чашмонамро мебандам, то битавонам беҳтар ба ёд оварам. Чиро ба ёд оварам?

- Салом модар. Таваллудат муборак.
-Даҳ рӯз гузашт духтаракам. Даҳ рӯз аст раҳ мепоям. Медонам серкорӣ.
- Ёдат ҳаст он гулдаста, ки бароят меовардам?

Аз ёдам рафта буд, ки рӯзи таваллуди модар буд. Ва тамоми рӯзро бо бозӣ гузаронда будам бо дӯстон. Замоне ёдам омад, ки дигар дершаб буду моҳтоби тобистон дар осмон нознамой мекард. Тамоми дасту баданам аз хорҳои боғи мадраса хунин шуда буд, то битавонам дастае гул барои модар бичинам. Ва модар то чанд рӯз аз тамоми баданам нешҳои гули садбарг мекашиду маро мебӯсид. Ҳеч вақт нафаҳмидам, ки чиро маро ин қадр дӯст доштанд. Маро, ки аз ҳамаи кӯдакони хонавода ва ҳатто маҳал шӯхтару беқайдтар будам. Маро, ки ҳеҷ вақт ба ҳеҷ як аз ҳарфҳояш гӯш накардам:

– Зиёд сигор мекашӣ Шаҳзода, хуб нест. Охир, кай ба саломатият фикр мекунӣ? Он ҳама дудро чиро фурӯ мекашӣ? Сиюдусола шудӣ. Ҳадди ақал як фарзанд медошти, ин қадр ба ту фикр намекардам. Фардо, ки пир мешавӣ, кӣ бароят об меорад? Кӣ бароят ...

Ҳар бор ки модар об мехост, ман набудам. Ман фирор карда будам. Ҳамеша вақте модар мариз мешуд, мо хоҳарон даъво мекардем, ки чӣ касе бояд шом дуруст кунад. Ва модар намедонам тамоми рӯз чӣ мехӯрду чӣ менӯшид. Ҳеҷ вақт канораш набудам. Ҳеҷ вақт кумакаш накардам. Ва ӯ маро дӯст дорад. Девонавор дӯст дорад. Ҳамеша канори танӯр менишасту як тағора кулӯчаро канораш мегузошту гоҳе маро фарёд мекард:

– Шаҳзода? Шаҳаншоҳ! Куҷой?

Намедонам куҷо будам, аммо медонам, ки ҳеҷ вақт канораш набудам. Медонист гӯшае нишастааму чизе мехонам. Чизе, ки алъон дар ёд надорам. Ҳарчанд ба ёд дорам, ки модар канори ҷаҳаннами танӯр дар тобистони доғ нишаста буду фарёд мезад:

– Як коса об бидеҳ, Шаҳаншоҳ!

Ва ман пушти парда пинҳон мешудаму сарамро ба китоб наздиктар мебурдам.

Боз садои модар; ва гӯшҳоямро мебастам ва дар дунёи достонҳо пинҳон мешудам. Модарро чандин дафъа дидаам, ки канори танӯри рӯшан зонуҳои худро ба оғӯш мегирифт ва бесадо гиря мекард. Кӯдак ки будам, фикр мекардам даст ва ё ягон ҷояш дар оташи танӯр сӯхта. Иштибоҳ мекардам.

Аммо ҳеч вақт нафаҳмидам, ки чиро орому бесадо гиря мекарду чизе намегуфт. Рӯзҳову ҳафтаҳо ҳарф намезад. Хомӯшии модар бадтар аз ҳар чизе буд. Хомӯшии модар лаҳзаро нигоҳ медошт. Ояндаро кӯр мекард бароям. Намедонистам чӣ чизеро дар сари худ мепарваронд. Шурӯъ мекардам ба кумак. Хонаро мерӯфтам. Табақҳои рӯзҳо мондаро мешустам. Бачаҳоро парасторӣ мекардам. Модарро ба оянда умедвор мекардам, то ояндаи худро дубора рӯшан бибинам. Аммо ҳазорон бор мешикастам, мерехтам ва дубора нерӯ мегирифтам. Медонистам, ки ба ман умеди зиёд дорад. Бо ин ҳама, вақте китоби ҷолибе дастам меафтод, оламу одамро фаромӯш мекардаму мерафтам гӯшае пинҳон мешудам. Модар шаш фарзанд дошт, дар сивучаҳорсолагӣ, ва ҳамеша вақте ба яке аз мо фарзандонаш ниёз дошт, канораш набудем. Мегуфт ман ҳам мисли шумо будам. Ин қонуни табиъат аст. Аслан эҳсоси гуноҳ накунед. Аммо магар мешавад?

Даст ба шиками худ мебарам ва ба тифли нозодаи худ мегӯям, ҳатто агар рӯзи таваллудам ёдат биравад, ҳатто агар ёдат биравад, ки модаре дорӣ, дӯстат дорам. Ангор медонам, ки кӯдак ҳама чизро аз ман хоҳад гирифт. Вақти фароғатамро,

шуғли дӯстдоштаамро, сукутамро, озодиямро,
ҳама чизеро, ки як инсон барои хушбахтӣ лозим
дорад, аз ман хоҳад гирифт. Аммо дӯсташ дорам.
Мехоҳамаш. Ин тифл дар роҳ аст, ки тамоми
ихтиёри маро ба дасти худ бигирад. Бигзор. Дӯст
дорам ҳатто бо ӯ дубора ба мадраса биравам ва
бо ӯ дарс бихонам, бастанӣ бихӯрам, кортун
бибинам, сирк биравам, чархифалак бинишинам
бо ӯ.

Тамоми корҳоеро, ки дӯст надорам анҷом
бидиҳам, ки ӯ хушҳол бошад. Орзӯи ояндаи ман
душмани имрӯзи ман аст. Медонам. Медонам,
ки модарон аксар мубталои ҳамин маразанд, ки
мегӯям. Синдроми Стокҳолм. Хеле вақт аст, ки
аз худ мепурсам: Чиро занони рӯшанфикр ва ё
шояд дурусттараш таҳсилкарда, дӯст надоранд,
ки фарзанди худро дошта бошанд? Чиро? Зиёдӣ
рӯшанфикр ҳастанд ва ё ҷанги равонӣ бо табиъат
доранд. Намедонам. Бо худ фикр мекунам.
Даврони кӯдакӣ ва навҷавонӣ тамоми орзӯям ин
буд, ки касе музоҳими ман нагардад ва битавонам
китоби шурӯъ кардаамро бо оромиш ба поён
бирасонам.

Ордило Ҷонсун, нависандаи камшинохтаи
инглисӣ, устоди мо буд. Дар Донишгоҳи
Руҳомптун (Roehampton), ҷое ки ман дарси
нигориши халлоқ мехондам.

Дарвоқеъ ман танҳо хориҷии клос будам ва ба ин
далел навиштаҳои ман боъиси таваҷҷуҳи бештаре
мешуд. Иштибоҳоти забонии ман ва дунёе, ки ман
аз он менавиштам, Ордилоро ба завқ меовард.

Гоҳе эҳсос мекардам, ки донишҷӯёни дигар, ки
бештарашон нависандагони ботаҷрубае буданд,
аз ин рафтори Ордило дилгир мешуданд ва дар
дарсҳояш камҳавсалатар. Ордило дигар талош
мекард аз иштибоҳотам нагӯяд ва худ онро гӯшаи
сафҳаи навиштаҳоям бинависад, ки худ баъдан
бибинаму рӯи онҳо бештар кор кунам. Аммо
ҳеч вақт талош накард, ки аз барҷаста кардани
навиштаҳоям худдорӣ кунад. Дарс ҳамеша бо
қироати беҳтарин навиштаҳо шурӯъ мешуд ва
бештари авқот аз навиштаҳои ман. Наметавонист
ишқу алоқаи худро ба Самарқанд пинҳон кунад
ва ман ҳеч ҷуз ин шаҳр наменавиштам.

Ордило шурӯъ кард:

– Шазӣ!

Ва ин кӯтоҳшудаи Шаҳзода аст, ки ӯ ҳеч вақт
натавонист онро дуруст талаффуз кунад, мегуфт:

– Навиштаат такондиҳанда буд. Тамоми ҳафта
ба он фикр кардам. Мехостам бо ту дар ин маврид
суҳбат кунам. Баъдан қарор бигзорем ва ҳар
каси дигаре ҳам хост, метавонад бо мо ҳамроҳӣ
кунад. Аммо бигӯ, инҳое, ки менависӣ, то чӣ ҳад
бофтаҳои хаёлиянд ва то чӣ ҳад воқеъӣ?

– Магар худатон нагуфтед, ки аз мондагортарин
рӯз аз дунёи кӯдакии худ бинависем?

Ҳанӯз маънои он нигоҳаш бароям суол аст.
Муҳаббат буд ё нафрат? Эътимод буд ё умед? Ё
ҳамаи инҳо бо ҳам?

Модар тамоми рӯз наққошӣ мекард. Ӯ ҳамеша
худро дар наққошӣ ғарқ мекард, вақте эҳсоси
танҳоиву андӯҳ дошт. Ин ҳолати ӯ ҳамеша ду ва

ё се далел дошт. Дилтанги модару хоҳаронаш
бошад, ё падар деру маст аз кор баргашта бошад ва
ё яхчол холии холӣ бошад. Асб наққошӣ мекард.
Омадам наздиктар нишастам ва зонувонамро
дар оғӯш гирифтам. Бидуни ин ки ба ман нигоҳ
кунад, гуфт:

– Як истакон об биёр.

Ман мутанаффирам аз ин ки биҳоҳанд чизеро
биёварӣ, фақат ба хотири ин ки намехоҳанд
ту онҷо канорашон ҳузур дошта бошӣ ва
хилваташон халал бинад. Истакони обро гӯшаи
миз мегузораму ба наққошӣ нигоҳ мекунам. Ман
ошиқи асбам.

– Бирав, хоҳаронатро пайдо кун. Куҷо ҳастанд?
Садояшон кун.

– Ҳеҷ вақт бачадор намешавам, ҳеҷ вақт! – мегӯям
ба худ ва ба модар бо ғазаб нигоҳ мекунам.

Наққошӣ мекарду чеҳрааш ҳеҷ эҳсосе надошт.
Моҳзодаро дар боғ пайдо кардам, бо писари
ҳамсоя бозӣ мекард.

– Озода кӯ? – мепурсам аз ӯ.

– Намедонам.

– Ту, ки бо ӯ бояд бозӣ кунӣ.

– Бо падарам рафт.

Панҷ шаш сол доштам, аммо ба назарам чунин
меомад, ки масъули ҳамаи хубиву бадиҳое, ки
дар рӯзгори мо иттифоқ меафтад, манам. Бахусус
нигаҳбонӣ аз хоҳарони кӯчакам. Аз ҳамсоя
пурсидам, ки оё хоҳари маро дида. Гуфт:

– Бо падарат рафт ба он самт.

Бо хиёли роҳат баргаштам хона. Падар нишаста

буду бо марде суҳбат мекард. Ба атроф нигаристам, Озода набуд. Озода дӯст дошт ҳамеша ду тикка чӯб дар дасти худ дошта бошаду онҳоро ба ҳам мезад ва бо зарби он овоз мехонд. Ҳеҷ вақт ҳам нафаҳмидам чӣ оҳанге мехонд ва ба чӣ забоне. Зарбу забони худро дошт. Ҳатто сабки хоссе барои хӯрду хобу бозӣ. Як солу ним ё ду умр дошт ва мижгонҳои баланду баргашта ва пӯсти сафед. Ва ширинтар аз ҳарчи ширин. Падар намедонист ӯ куҷост ва ҳеҷ кас намедонист ӯ куҷост.

Се ё чаҳор соъат тӯл накашид, то садои доду фарёди модар тамоми маҳаллро аз гум шудан хабар диҳад. Тамоми маҳал суроғи ӯро мегирифтанд ва барои пайдо шуданаш кумак мекарданд. Модар тамоми мӯйҳои худро парешон карда буд ва тамоми сураташро хунин карда буд ва Моҳзодаро, ки се сол дошт, дар оғӯш гирифта буд. Бародарам дастони маро сахт гирифта буд ва нигоҳаш гӯё мегуфт: Чанд бор гуфтам ӯро танҳо нагузор!?

Озодаро пайдо кардем. Аммо ғарқшуда. Пӯсти сафедаш обӣ ва чашмони обияш сурхи сурх. Ман ӯро як нигоҳ дидам. Вақте оварда буданадаш ва рӯи мошини падарам гузошта буданд. Пиразане, ки то ҳол аз ӯ бадам меояд, нагузошт миёни издиҳоми мардуми бегона ҷилавтар равам. Гӯшае мондам ва фаромӯш шуда будам.

Фикр мекардам ба ин ки чӣ кор кунам, то каме ҳам таваҷҷуҳ ба ман бирасад. Дар он сарзамин дар он даврон танҳо марг буд, ки метавонист диққати бузургсолонро ба як кӯдак ва хостаҳояш ҷалб кунад. Озодаро аз даст додем, то ба ин ҳақиқат пай бибарем, ки кӯдак инсон аст. Озода тавониста буд бо марги худ тамоми маҳалро ба пой хезонад ва бифаҳмонад, ки мо кӯдакон ғаниматем. Баъдҳо ба ман гуфтанд, ки бо табассум ва нози ширин аз мо рафт. Бо ин ки дилам барои мижгони сиёху чашмони обияш танг буд, хушҳол будам. Танҳо ман будам, ки хушҳол будам. Ба худ фикр мекардам, ки ҳоло вақти бештаре дорам барои худ. Ҳоло метавонам бо оромиш китоб бихонам. Ҳоло як нафар камтар шуд, ки даст ба дафтару китоби ман бизанад. Аз издиҳом дур шудам ва ба утоқе омадам, ки модар наққошӣ мекард.

Модар дар ин миён канори он асби зебо ҳафт курраасби кӯчак изофа карда буд. Байни он ҳафт курраасб дунболи худу Озода гаштам. Аммо ҳамаи онҳо шабеҳи ҳам буданд. Ордило намедонист бовар кунад ё на.

Се ҳафтаи тӯлонӣ ба рӯзгори худ фикр кардам ва ба касони азиз, ки давру бари худ дорам. Се ҳафта дарро бастам ба рӯйи шаҳр ва ба рӯйи ҳар чизе, ки бӯи зиндагонӣ медод ва умед дар он чило дошт. Дар ин муддат танҳо чизе, ки доштам, чеҳраи гарму садои меҳрубони дӯстони наздики дигар буд. Меҳдӣ бо он ҳолати парешонаш гӯё бесадо фарёд мезад, намедонам бояд чӣ кор бикунам.

Воқеъан намедонист, ки бояд чигуна ҳам бо кор ва ҳам бо ман бошад. Ман қаблан ҷузви кор маҳсуб мешудам ва ҳоло касе будам, ки ба кору ишқу зиндагонӣ коре надошт.

Замонро дар кафи дастонам маҳкам гирифта

будам, то ҳадар надиҳам ва касе будам дар як
истилоҳ мариз. Ман мариз будам, ӯ лоғар мешуд.
Ман мариз будам, ӯ иштиҳо надошт. Ман бемор, ӯ
бемордор. Мисли ҳамшираи тиб, ки ҳар аз чанде
сари болин пайдо мешавад ва боз бармегардад
пушти компютери худ. Моҳзода бо он нигоҳи доғ
ва чашмони сурху талоши зиёд, то аз ашкхои худ
чилугирӣ кунад, зери бағали маро мегирифту то
дастшӯйӣ бароям дилдорӣ медод:

– Ту дар ин хонаи кӯчак барои китобҳои худ ҷой
надорӣ, мехостӣ фарзанддор шавӣ. Охир ту аввал
хонадор шав, он ҳама китобатро даври худат
ҷамъ кун, – ва аз ин ҳарфҳо, ки худаш медонист
беҳудаанд. Ва исрори шадидаш, ки наботчой бояд
хӯрда шавад.

Озода бо он ангуштони кашида ва дастони
сардаш канорам менишасту тамоми дилу ёдаш ба
тамиз кардани ошпазхона ва як бору боз як бори
дигар боз кардани сарпӯши супе аст, ки бароям
дуруст мекард. Озода, хоҳари ҷавонмаргам, агар
зинда мебуд, ҳамсинни Озода мешуд. Ва шояд
ҳам инҷо канори ҳам менишастанд. Ҳеҷ вақт ба ин
фикр накарда будам, ки хоҳаре ҳамному ҳамсоли
Озода доштам. Ин бистарӣ шудан маро байни
гузаштаву имрӯзи худ гиреҳ зада буд. Ва Маъсума
бо дастони ҷодуияш, ки медонанд дард аз куҷо
шурӯъ мешаваду ба кадом самт фирор мекунад,
вақте молиш медиҳад. Нерӯ медиҳад, вақте бо он
оромиши нарм тамоми калимаҳояшро мечавад,
то талхиҳояшрову заҳрашро барои худ ва тамоми
ширинияшро дар ихтиёри ман бигзорад. Инсон

ҳамеша ба дӯстоне аз ин тоифа ниёз дорад. Ба дӯстоне, ки хонавода ҳастанд.

Ба дӯстоне, ки беҳтар аз хонавода туро мешиносанд, чун ҳамрангу ҳамроҳи ҳам ҳастанд. Ҳама чиз дар ҳамхун будан маҳдуд намешавад. Ҳамзабон будан ҳам гоҳе кофӣ нест. Ҳамдилист, ки дили бечораи мо метапад барояш. Се нафар зани ҷавоне, ки солҳост издивоҷ кардаем, аммо ҳанӯз лаззату ғуссаи модар шуданро начашидаем. Сарнавиште дорем, ки заноне таҳсин мекунанду заноне маломат. Ба чашмони ҳарду нигоҳ мекунам. Мо худ чӣ фикр мекунем? Ҳанӯз намедонам. Озода бо тараҳҳум ба сӯям нигоҳ мекунад.

– Ту куҷову бачадорӣ? Ин корҳо чӣ буд, ки кардӣ? Маъсума дар дифоъ аз ман мегӯяд:

– Чиро на? Магар чише?

– Хок бар сари ҳардуи шумо! – аз ҷой бармехезад Озода. Маъсума бо ҳамин ишораи ҳамешагии худ мегӯяд:

– Бехиёл.

Додо? Ман намехоҳам духтар бошам.

Вақте 16 солам буд, дигар тасмим гирифта будам ба Маскав равам ва тағйири ҷинсият диҳам. Он вақтҳо пизишкони рус дар ин кор пешгом ва муваффақ буданд. Падар сар аз китоб бардошт ва маро, ки канораш рост истода будам, ба сӯяш хонд:

– Чиро?

– Бародарам озодии бештар дорад. Писарон озодтаранд...

– Дар чӣ чизе?

– Дар ҳама чиз.

– Хато мекунӣ духтарам. Озодии ту бештар аст. Озодии ту аз ҳамаи марду зану ҷавонҳои маҳал бештар аст. Фақат бояд бидонӣ, ки озод ҳастӣ ва озода рафтор кунӣ.

– Чиро ман бояд ин ҳама озодӣ дошта бошам? Аз куҷо?

– Чун ман онро бароят муҳайё кардаам. Чун ман ба ту мегӯям, ки озодӣ дар марду зан будан нест. Дар ин ҷост..., – ва ангушт мегузорад бар рӯйи шақиқааш. Яъне ки бояд зеҳнат озод бошад ва аз пушти айнак бо табассум ба ман нигоҳ мекунад.

– Яъне ҳар коре, ки бародарам мекунад, ман метавонам анҷом диҳам?

– Ҳатман метавонӣ, аммо бародарат ҳеҷ коре намекунад, ки дар шаъни мо набошад.

– Шаън, яъне чӣ?

– Шаън, яъне коре накунӣ, ки сари ман ва ё модаратро ҳам кунад. Азизам рӯзе мерасад, ки мефаҳмӣ ҳамаи озодиҳоро дорӣ ва доштай. Озодӣ замоне эҳсос мешавад, ки нест. Ту як инсони озод ҳастӣ, аммо бо ҳар далел аз он истифода намекунӣ. Бо мурури замон, бо тӯли роҳҳое, ки хоҳӣ рафт, хоҳӣ дид, ки то чӣ ҳад озод ҳастӣ. Озодӣ бо ҳаҷми ихтиёру ҷасорат ва орзуҳои кас ба даст меояд. Озодӣ ҳеҷ вақт тақдими касе намешавад. Аммо як роз дорад, ҳеҷ вақт ба хотири чизе ва ё касе аз коре, ки мехоҳӣ, даст накаш.

– Ҳатто ба хотири Шумо?

– Ҳатто ба хотири ман! Ҳатто ба хотири Худо!...

Даст бар шикам мебарам ва бо дард паҳлӯ мегардам. Ин тифл барои ман пули фарҳангӣ буд байни Машҳаду Самарқанд, байни Эрони имрӯзу оянда. Бидуни шамшер ҳам мешавад ҷангид. Бидуни хунрезӣ ҳам мешавад муқовимат кард. Ҳар бор ки аз зиндагӣ ба танг омадаам, мехонам:

Душман ар ту санги хорай, ман оҳанам!

Ва нерӯ мегираму қомат рост мекунам. Дӯст доштам ба фарзанди худ ин суруди миллии эрониро ёд бидиҳам ва бо ҳам бихонем. Даст ба дасти ҳам дар хиёбонҳои Амстердам қадам бизанему суруди миллиро бихонем. Ба назарам, «Эй Эрон» дар мусобиқаи суруди миллии тамоми кишварҳо бояд ҷои аввалро бигирад.

Ҳеч суруде нест, ки байни мардуми як кишвар ин қадр маҳбуб бошад. Аммо мо сарбаландтар аз ин бояд бошем, ки ҳастем. Ба дӯстони худ нигоҳ мекунам, ба гавҳарҳои парешони он марзи пургуҳар ва эҳсос мекунам, ки Эрон густардатар аз марзҳои "Шоҳнома" аст.

Эрони имрӯз ҷое нест, ки дӯст дошта бошам дар он зиндагӣ кунам. Бо ин ахлоқи баду одати ман ва ин шиъори ҳамешагиям, ки хостаҳо муқаддасанд, ҳатман ба мушкилоти зиёде рӯбарӯ хоҳам шуд.

Дар ҷомеъае, ки муқобила бо хостаҳоро интихоб кардааст, куҷо хуб аст барои зиндагонӣ? Дақиқан намедонам, дар Узбекистону Тоҷикистон низ мушкилот камтар аз Эрон нест. Дар Урупо низ дур аз мардум ва фарҳанги худ. Баъзе вақт тарҷеҳ медиҳам, ки ба ин мавзӯъ аслан фикр накунам ва ба рӯзгори рӯзмарраи худ идома диҳам. Аммо баъзе

авқот дилтангиву дурӣ гиребонгирам мешавад.
Гоҳе аз ҳама чизи дунё метарсам. Метарсам аз
фикру андешаҳоям. Байни воқеъият ва тахайюл
парешон мешавам, то машғулият боз фикрамро
ба худ банд кунад.

Ангор машғулияти се моҳи охири ман таҷрубаи
инсони ҷадиде буд, ки бо ӯ унс гирифта будам ва
дар дунёи ману ӯ ғарқ будам.

Ҳамшира тахти маро, ки дар он бо либоси
обии бемористон хобида будам, дар ихтиёри се
парастор супурд ва бо Меҳдӣ аз утоқ берун рафт.
Ман ҳамчунон чароғҳои барқии рӯйи сари худро
мешумурдам. Аз шурӯъи масири аввалӣ то ба
утоқи ҷарроҳӣ чиҳилто шумурда будам: чиҳилу
шаш, чиҳилу ҳафт, чиҳилу ҳашт...

– Шумо хуб ҳастед?

– Hoe gaat het met u?

Марди обипӯше худро ба унвони мутахассиси
доруи хобу беҳушӣ қабл аз ҷарроҳӣ муъаррифӣ
кард. Нашнидам, ки исми худро гуфт ё на. Ман
ангор як ҳафта буд, ки беҳуш будам. Ниёз ба ҳеҷ
доруе набуд. Гуфт:

– Хонум Назарова, Шумо рус ҳастед?

– Тоҷикам, аз Самарқанд.

Гӯшҳоям қуфл зада буду мавҷи садояш ангор
рафту омад дошт ва тамоми утоқро давр мезад, то
ба ман бирасад. Чеҳрааш тағйир кард ва бо шавқ
аз Самарқанд чизе мегуфт.

Танҳо пизишке, ки шаҳри маро мешинохт,
қарор буд маро аз ин кӯдаке, ки ин ҳама замон
бо ӯ ишқ варзидам ва бо ӯ дар тамоми даврони

гузаштаву ояндаи худ қадам задам, ҷудо кунад. Худро мисли як гӯсфанди қурбонӣ эҳсос мекунам. Дар ин утоқи сафед бо он чароғҳои обӣ ва бо се пизишки обипӯш ба ёди гунбадҳои Регистон будам. Майдони Регистон бо он гунбадҳои обӣ. Кош ба модарам мегуфтам, ки чӣ мекашам ва чӣ гузашт бар ман дар ин се моҳ. Кош пинҳон намекардам. Ҳадди ақал модар дуъое барoям мехонд. Мушкилгушое баргузор мекард барои ин тифле, ки бедалел қурбонӣ шуд.

То сивудусолагӣ умедам ба ин буд, ки нависанда бошам. Аммо нашуд. Ҳазорон агару магар дорам барои худсафедкунӣ. Аммо яке аз инҳо вақеъитар аст: муҳите, ки бо сахтӣ месохтам, басодагӣ мегузоштаму мерафтам дунболи дунёи дигаре. Ин кор бароям бисёр сода ва осон буд. Аммо ин дафъа ангор дар тавонам нест. Ҳеч гоҳ ба зане, ки тифли худро аз даст додааст, нагӯед боз ҳомила мешавӣ.

Бераҳмонатарин ҳарфи дунёст, ки ба забон овардаед. Тифл аз даст додан мисли оташ гирифтани хона нест. Дард даври камарам мепечад ва дуқад мешавам. Бо сахтӣ ба дастшӯй мерасам ва хун бо фишор лахти гӯштеро берун мерезад аз раҳим ва ман оҳи оромиш мекашам. Як ҳафта аст тифли нозодаи худро тика-тика берун мерезам. Аз ҳурмун то аъсобу афкорам ҳама ба ҳам рехтааст. Як ҳафта аст дар ҳоли дарду хунрезӣ. Дуктур мегӯяд:

– Медонистам, ки бо ин роҳ раҳим тамиз намешавад, аммо ҳамин, ки даргири дард ҳастӣ, кӯмак мекунад, ки аз назари рӯҳӣ ба сомоне бирасӣ ва бипазирӣ, ки дигар бордор нестӣ.

Бадахлоқу бадбин ба куллӣ дунё шудаам:

– Чӣ гуна маро таҳаммул мекунед дӯстон? Ман тоби худро надорам. Ман хастаам аз худ. Шумо боз чиро бо он нигоҳи нигарон ва меҳрубон пушти дар пайдоятон мешавад?

Дард дар камарам мепечад. Дастонамро гоҳе Озода мегирад ва гоҳе Маъсума. Боз рӯз сиёҳ мешавад. Боз лахт-лахт хун.

Хеле вақт аст оне нестам, ки панҷ сол пеш будам. Ман ҳеч вақт ин қадр ором набудам. Ман ҳеч вақт ба ин нооромӣ набудам. Ман ҳеч вақт ин қадр дурандеш набудам. Ман ҳеч вақт ин қадр омодаи бохтан набудам. Ман ҳеч вақт ба рӯзгори худ аз зовияи дигаре нанигариста будам. Зани сивудусолае, ки орзуи модар шудан дорад.

Кӯдак ки будам, орзу мекардам кайҳоннавард шавам. Агар натавонистам, ҷосуси Иттиҳоди Шӯравӣ дар Олмон шавам, мисли Штирлитс, қаҳрамони филми телевизиюнӣ. Агар инҳо нашуд, варзишкор шавам. Агар ин ҳам нашуд, мутарҷим дар майдони ҷанги Русия бо Афғонистон ва ё Муғулистон шавам. Агар ин ҳам нашуд, хабарнигор ва агар ин ҳам нашуд, устоди донишгоҳ ва агар ин ҳам нашуд, дар китобхонаи бузурги падарам биншинаму нависанда шавам. Ҳеч кадом нашуд ва китобхонаи падар низ аз байн рафт.

Китобҳои азизамро бурданд, дуздиданд, мушҳо ҷавид ва бақияро тифлҳои ҷадиди хонавода пора карданд. Мо ҳамаи кӯдакони хонавода бо истеъдоди ҷавидани китобҳои муфид ба дунё омадаем ва бо ҳуши ташхис додани аҳаммияти китоб аз тариқи таъми он. Дилам барои як тифли инчунин доғ буд. Дилам барои достонхонӣ барои кӯдаке қабл аз хоб танг буд.

Агар иҷоранишин намебудем, тамоми зарфҳои хонаро мешикастам, тамоми ойинаҳоро мерехтам... Мо занон бояд баҳонаи бузурге барои зиндагонӣ дошта бошем. Моро бо ҷангу хунрезиҳои бемаънӣ ва ё бо саргармиҳои зудгузар намешавад фиреб дод. Мо бояд ҳамеша нахи оянда дар дастамон бошад. Навори беҳдоштӣ аз хун пур ва сангин аст. Иваз мекунам ва бо сахтӣ аз ҷой баланд мешавам. Хун нишони торикист. Нишони заъф аст. Модарбузург дарро боз мекунад, тағораи хокистари аз хун тарро берун мерезад. Модар мегуфт, ки замони пеш вақти зоймон, барои ҷилавгирӣ аз уфунат аз хокистар истифода мекарданд. Ба атрофи дастшӯй нигоҳ мекунам.

Хоҳарам навори беҳдоштиҳои бузургро чида мондааст, то ман бидуни заҳмат истифода кунам. Ҳарчи ҳам ҳаст, ин аср асри меҳрубон аст нисбат ба зан. Ману ту бо ин ҳама сарсахтӣ хушбахттарин занони торих ҳастем. Медонистӣ? Модарбузург аз дарахт худро пойин меандохт, то сиқти ҷанин кунад ва ё санги осиё баланд мекард, то банди нофаш пора шавад. Ман қурс мехӯрам.

– Гурӯҳи хуни Шумо чист?

– Бале? Беҳтар аст худатон муъайян кунед, дақиқ

дар ёдам нест.

Лабҳоям аз ташнагӣ хушк аст ва баданам аз камхунӣ берӯҳ ва пӯстам зард. Гурӯҳи хуни ман бо гурӯҳи хуни падарам як буд. Гурӯҳи хуни падарам чӣ буд?

– Чизе эҳсос мекунӣ?

– Оре. Рагҳоям доғ мешаванду чашмонамро сиёҳӣ мегирад.

Хонум дуктури зебое, ки қаблан дида будамаш, вориди утоқ шуд ва ба инглисӣ гуфт:

– Алъон ба хоб хоҳӣ рафт то ду соъати дигар.

Хобро нашнидам, гуфтам:

– Меравам? Куҷо меравам?

Дуктур дигар бо шӯхӣ гуфт:

– Таътилот, ду соъат дур аз худ.

Табассум бар лабонам нотамом, аз таъсири дору беҳуш шудам. Ин буд он ҳама ҷаррохие, ки аз он метарсидам.

Он кушторе, ки ин ҳама мағзамро мехӯрд. Он ҳама дарде, ки кашидам ва ба ҷое нарасондам. Дасти холӣ аз бахши зоймон берун омадан бадтарин чизест барои зан. Шаш соъат аз ҷаррохӣ гузашта буд, ки ҳамшираи тиб гуфт:

– Агар роҳат дастшӯй меравӣ, дигар лозим нест ин ҷо шаб бимонӣ. Метавонӣ ба хона баргардӣ.

Бо таъаҷҷуб ба Меҳдӣ нигоҳ кардам. Яъне ҳамин? Тамом? Меҳдӣ барои кумак омад ва чӣ шуд, ки ман ин дафъа натавонистам дастмоли хунолудаи худро ҷамъ кунам.

Аз дидани лаккаи хун бо тарс берун рафт ва ба ҳамшира бо нигаронӣ гуфт:

– Ҳанӯз хунрезӣ дорад, чиро мегӯед мураххас аст! Мутмаин ҳастед, ки метавонад биравад?

Ману ҳамшира бо табассуме ҳамдигарро фаҳмидем. Ангор байни занон кудҳое радду бадал мешавад, ки танҳо зан бошед, мефаҳмед. Нигоҳи ману ҳамшира ангор мегуфт: ин ки чизе нест!

Дуктуре, ки амали сиқти ҷанинро анҷом дода буд, омад, то пеш аз рафтан аҳволи маро бипурсад. Гуфт:

– Мутаассифам, ки ҳоло инро ба шумо мегӯям, ки гурӯҳи хунатон "О-и манфӣ" аст ва ин боъиси дарду бесамарии бордории шумо шуда. Хуни шумо иҷоза намедода, ки кӯдаке бо навъи хуни мутафовит дар раҳими шумо рушд кунад.

Ин хонуми зебо метавонист инро зудтар аз ин ҳама моҷароҳо ва рушди ин ҳама эҳсоси модарӣ дар ман кашф кунад. Ангор пизишки хонаводагиямон қабл аз ман бо ҳеҷ зани обистане рӯбарӯ нашуда буда, ки гурӯҳи хуни «О-и манфӣ" дошта бошад?

Ангор мехостанд маро аз хоби ширине бедор кунанд ва ман намехостам. Хобе, ки шозда-кучулу дар сайёраи камёби худ кумак мехост ва тамоми тору пуди бадани маро мекашида, ки наҷотам деҳ! Модар, наҷотам деҳ. Аммо ман паёмҳои ӯро дуруст ташхис надодам. Барои кӯдаки худ тобуте беш натавонистам бошам. Меҳдӣ аз ҷой баланд шуд:

– Ҷиддӣ? Ин навъи хун бисёр камёб аст.

– Бале, – табассум мекунад дуктур. – Бисёр камёб. Ман супориш додам сӯзане бизананд,

ки бордории баъдӣ бо муваффақият бошад.
Умедворам дафъаи баъд муваффақ бошед, – даст
дароз кард сӯи ман ва баъд ба Меҳдӣ, то бо мо
худоҳофизӣ кунад. Моҷаро аз назари дуктур ва
Меҳдӣ тамом шуда буд.

Аммо барои ман тоза шурӯъ мешуд. Даст ба
пистонҳоям ва баъд ба шиками худ мебарам.
Ҳанӯз варам ва бодкардаанд, ҳанӯз дар рӯъёҳои
ширини як зани хушбахти обистананд. Аммо
барои ман тобутест, ки аз он ҷисми мурда ва
пӯсидаи шоҳзодаи кучакеро берун кашидаанд.
Тобуте, ки барои се моҳ сайёраи шозда-кучулу буд
ва нақши нохунҳои кӯчаки худро бар деворҳои он
барои ҳамеша боқӣ гузошт.

Амстердам
Сентябри 2007 –Майи 2008

Шаҳзода Самарқандӣ (Назарзода)

Замини Модарон

Motherland | Shahzoda Samarqandi

Made in the USA
Charleston, SC
11 October 2016